Allerlei Alltagsdichterei

Dieter Mechtel

Text: Dieter Mechtel
Covergestaltung: Verlagshaus Schlosser
Satz und Layout: Verlagshaus Schlosser
ISBN 978-3-96200-583-2
Druck: Verlagsgruppe Verlagshaus Schlosser
D-85652 Pliening • www.schlosser-verlagshaus.de

Printed in Germany

Anfang-Wort

Am Anfang sei sogleich bemerkt, die Leserinnen und Leser mögen die Alltagsdichterei mit leichtem Geist eben auf diese Schulter nehmen.
Sie ist entstanden zum vergnüglichen Zeitvertreib für gesellige Stunden mit der Familie, Freunden und Bekannten. Ebenso als Beigabe für Geburtstagsglückwünsche aller Art – wenn möglich zielgenau auf die Person oder ihren Alltag zugeschnitten. Wenn sich beispielsweise der Maulwurf im Garten austobt, ist ein Maulwurf-Gedicht gerade richtig. Oder wenn jemand süchtig ist nach Erdbeeren, dann ist ihm das gleichnamige Gedicht gewidmet. Oft dienten bekannte Redewendungen als Anregung.
Die meist erfreute oder zustimmende Reaktion zeigt mir, diese Absicht wird gern angenommen und trifft sogar manchmal direkt ins Schwarze.
So hoffe ich, dass dieser oder jener Vers für eine Leserin oder einen Leser genau zutrifft oder für eine Person, die sie gut kennen. Dann wäre alles in bester Ordnung.
Ich stelle mir vor, Leserin oder Leser wählen aus dem Inhaltsverzeichnis das aus, was sie in dem Moment besonders interessiert.
In diesem Sinne wünsche ich viel Freude beim Lesen und denke mir, nach einigen Versen kann man aufhören und je nach Lust und Laune erneut im Buch blättern. Vielleicht sogar zur Bereicherung, Aufmunterung oder Anregung zu weiteren fröhlichen Gesprächen in geselliger Runde.

Tierisches

Affe und Kater

Es saß ein Mann in einer Bar
und trank mehr als er durstig war.
Auf dem Heimweg merkt er dann,
dass er nur schwankend gehen kann
und die Leute alle gaffen.
Er hat schließlich einen Affen.

Schon in der Früh verschwand das Tier.
Nun aber saß ein Kater hier.

Affenzahn

Es fuhr auf einer Autobahn
ein Auto mit ´nem Affenzahn.
Ein Affe hat das so gehört
und sich darüber sehr empört.
Was hat ein Zahn von uns Affen
mit dieser Raserei zu schaffen?

Alles für die Katz?

Wer von uns kennt nicht den Satz:
Es war alles für die Katz.
Diese Rede find ich schlecht,
denn sie ist sehr ungerecht.
Hund und Katze sind beliebt,
wir sind froh, dass es sie gibt.
Wer Gleiches meinet von dem Hund,
dem sagen wir, du läufst nicht rund.

Es sei, wir handeln wirklich so.
Dann stimmt der Satz und macht uns froh.

Blindes Huhn

Ein Bauer hielt in jedem Jahr
sich eine kleine Hühnerschar.
Ein Huhn war blind, so streute er
vom Körnerfutter etwas mehr.
Es fand dann hinten oder vorn
tatsächlich hier und da ein Korn.
Gewöhnlich sagt man bildhaft nun,
ein Korn find‘t auch das blinde Huhn.

Brat mir einer einen Storch

Ihn liebten schon die Germanen.
Wir nicht minder als die Ahnen.
Freudig hören wir Geklapper
und deuten es als Liebesplapper.
Er ist Symbol der Fruchtbarkeit.
Wir schützen ihn zu jeder Zeit.
Es ist undenkbar, ihn zu braten
wie die Hausgeflügelarten.
Wenn wir dennoch dieses hören,
meint es ein Wunder könnt ich schwören.

Bohnenstroh

Frau Wirtin hat auch einen Floh,
der lebt im Bett mit Bohnenstroh.
Macht ein besonders dummer Gast
in ihrem Wirtshaus länger Rast,
hat sie für ihn sich ausgedacht,
er schläft in diesem Bett die Nacht.
Darum heißt es heut noch so,
er ist ja dumm wie Bohnenstroh.

Bücherschlange

Sah einmal ein Bücherwurm,
einen großen Bücherturm
und fing ganz besessen
von unten an zu fressen.
Bis oben braucht er lange,
heraus kam eine Schlange.

Das Lügentier

Das Foto ist die Sensation,
die Experten rätseln schon.
Vielleicht ist es ein Ententier?
Dann aber ist es nicht von hier.
An diesem Vogel ist was faul.
Der Schnabel sieht aus wie ein Maul.

Des Künstlers Werk ist nun bekannt.
Die Lüge hat er es genannt.
Das ist sehr treffend, wie ich meine,
denn diese hat ja kurze Beine.

Das Mückenkind

Unter einer Straßenbrücke
lebte eine junge Mücke.
Daneben stand das Volkstheater.
Die Mücke bat nun ihren Vater,
lass mich doch ins Theater gehn,
ich möchte gern ein Schauspiel sehn.

Der Vater aber summte nur,
daraus wird nichts und blieb stur.
Das Mückenkind gab keine Ruh,
die Mutter stimmte schließlich zu.
Pass aber gut auf beim Applaus,
sonst kommst du dort nicht mehr heraus.
Die kleine Mücke war erfreut.
Die Mutter hat es nicht bereut.

Das wundersame Tier

In einem Land ganz weit von hier
lebt ein gar wundersames Tier.
Es sieht so aus wie du und ich,
ist aber nicht so fürchterlich.

Es ist edel, hilfreich, gut,
nutzt den Verstand und nicht die Wut.
Dichter haben es beschrieben.
Wo ist dieses Tier geblieben?

Gelehrte wollen es erkunden,
haben aber nichts gefunden.
Ein solches Tier gab es wohl nie.
Es ist ein Kind der Phantasie.

Der Angsthase?

Der Hase ist für uns kein Held,
weil er sich duckt oft tief im Feld.
Manche rümpfen ihre Nase,
sagen, er hat Angst, der Hase.
Das tut seinem Ruf nicht gut.
Doch ist er ständig auf der Hut,
beweist viel Klugheit und Geschick.
Das gerät aus unserem Blick.

Weil sein Verhalten wird verkannt
wird er zu Unrecht so genannt.
Auch Hasenfuß, auch Hasenherz,
oft geäußert halb im Scherz,
sollten wir nicht mehr verwenden,
damit die Hasenfehler enden.

Der Elefant

Es war einmal ein Elefant
mit einem guten Kunstverstand.
Er hatte sogar einen Wahn
für Allerlei aus Porzellan.
So kam er oft in solchen Laden.

Hinterließ er großen Schaden?
Oh nein, nach Elefantenart
war er behutsam, klug und zart.
Keine Tasse, keine Schüssel
war verletzt durch seinen Rüssel.

Die Redewendung kennen wir,
doch ist sie falsch bei diesem Tier.

Der Hammel

Reden wir über Streit und Neid,
dann ist der Hammel nicht mehr weit.
Ich frage mich, wo kommt das her,
wieso die zweifelhafte Ehr?
Als Lamm sehr fromm, weil noch so klein,
im Alter soll er störrisch sein?
Da drängt sich der Gedanke auf,
gemeint ist unser Lebenslauf.

Der Fliegenfang

Es gibt viel Fliegen hier auf Erden,
weshalb sie oftmals lästig werden.
Drum höret, wie es mir erging,
als jüngst ich eine Fliege fing.

Es war schon spät, die Frau im Bett,
da sagte sie, „es wär so nett,
da oben sitzt die blöde Fliege,
die ich aber gar nicht kriege,
sie ärgert mich die ganze Zeit,
wenn du sie fängst, bin ich befreit.
Denn beim Lesen stört sie mich -
und das ist richtig ärgerlich."

Was nehm ich bloß, so dacht ich mir.
Am besten geht's wohl mit Papier.
Die Fliege saß da an der Decke.
Hau ich sie tot, dann gibt es Flecke.
Die kriege ich nicht wieder weg
und ewig sitzt der Fliegendreck.
Papier ist keine gute Wahl,
ich hau mit meinem alten Schal.

Gedacht, getan, doch falsch gedacht,
die Fliege hat mich ausgelacht.
Nun schnell auf einen Stuhl gestiegen,
jetzt werde ich sie sicher kriegen.
Da fliegt sie weiter auf die Brille.
Ich warte ab und halte stille.
Nun greif ich meinen alten Schal
und winke bloß ein einz'ges Mal.

Da fliegt sie los und brummt ganz munter.
Ich steige von dem Stuhl herunter.
Der Fliege Klugheit muss man loben,
sie sitzt wie vorher ganz ganz oben.
Ich steig aufs Bett, das wollt ich nicht
und kämpf hier mit dem Gleichgewicht.
Da spricht die Frau „nun schlag doch zu.
Ich brauch jetzt endlich meine Ruh."

Mit dem Schal komm ich nicht weiter,
ich hol ein Handtuch und die Leiter.
Langsam hoch und schnell geschlagen,
das hat sie sicher nicht vertragen.
Wohin sie fällt das weiß ich nicht.
Ich schau mal nach und brauche Licht.
Irgendwo muss sie doch liegen.
Auf jeden Fall kann sie nicht fliegen.

Jetzt beeilt und nicht gesäumt,
Stuhl und Leiter weggeräumt.
Ich komm zurück, da sagt die Frau,
„ich seh die Fliege ganz genau.
Da oben sitzt das dumme Vieh,
schlag kräftig zu, dann kriegst du sie."
Leicht gesagt, ich hau daneben,
fix ist sie weg und bleibt am Leben.

Doch fliegt sie aus dem Zimmer raus.
Hurra, die Fliegenjagd ist aus.
Nun mach ich schnell die Türe zu,
wir lesen beide ganz in Ruh.

Nachtrag:
Ich hab die Fliege nicht gefangen,
die Jagd nach ihr war mir vergangen.

Der Koi

Ein Koi kam in den Karpfenteich,
bewundert und bestaunt zugleich.
Ist er ein Künstler, ein Genie?
So einen hatten wir noch nie.

Er soll der neue König sein.
Hoffentlich sagt er nicht nein.
Wir wollen Spaß, wir wollen Lust,
vergessen wir den alten Frust.

Der Koi versprach, ich bin bereit.
Auf denn in eine neue Zeit.
Ein alter Karpfen sprach mit Wut,
„nur bunt allein, das geht nicht gut.

Wie kann man diesem Typ vertrau‘n,
seht ihr es nicht, das ist ein Clown.“
Jedoch das Fischvolk war empört,
der Alte wurde nicht erhört.

Nach einem Jahr der Koi verschwand
irgendwohin nach Unbekannt.

Der Kolibri

Was der Kolibri uns lehrt,
ist eine Überlegung wert.
Weil er Nektar trinken muss,
bewegt er sich für den Genuss.
Doch mancher Mensch ist so gebaut,
dass er genießt auf fauler Haut.

Der Regenwurm

Ein Regenwurm floh aus der Erde,
damit er nicht zum Opfer werde,
denn der Maulwurf nebenan
war schon ziemlich dicht heran.
Die Amsel hat ihn gleich gesehen
und schon war's um ihn geschehen.

Was der Maulwurf nicht bekommen,
hat die Amsel gern genommen.
So schafft Natur Gerechtigkeit
auch bei solcher Kleinigkeit.

Der Stachelrochen

Lebte einst ein Stachelrochen,
der wollte eine Alge lochen.
Da war der Stachel abgebrochen.
Nun war er nur noch Rochen
und hat voll Kummer sich verkrochen.

Doch nach vielen, vielen Wochen
wuchs der Stachel an dem Rochen.
Da war er wieder Stachelrochen.
Danach hat er sich versprochen,
niemals mehr darauf zu pochen,
eine Alge durchzulochen.

Der Grillensong

Zwei Grillen zirpten im Duett.
Ein Produzent fand das sehr nett.
Am übernächsten Tage dann
erklang der Song für jedermann.
Und eine Woche später schon
war er in Spitzenposition.

Der Hai

Die Welle braust mit voller Wucht
in eine kleine Meeresbucht.
Ein Hai darin hat sich verirrt,
darum ist er sehr verwirrt.
Keine Beute weit und breit,
er muss hier weg, ist höchste Zeit.
Und die Moral von der Geschicht?
Du meist, ein Hai verirrt sich nicht?
Zwar ist er dann weggeschwommen,
doch kein Geschöpf ist vollkommen.

Der Hamsterkauf

Ein Hamster hing bei EDEKA.
Als das Lieschen Müller sah,
da rannte sie im schnellen Lauf
zu einem großen Hamsterkauf.
Sie benahm sich paniktoll
und packte ihren Wagen voll.

Lebensmittel allemal,
Getränke, Seife – ganz banal.
Ihr Auto war so vollgeladen,
hatte beinah einen Schaden.
Im Nu war Lieschen nicht allein.
Auch andere kauften tüchtig ein.

Der Hamster guckte vom Plakat
Darunter las man diesen Rat:
Ramsch nicht wie ein Hamster ein.
Es ist genug da, lass es sein!

Hamster gibt es bald nicht mehr,
Hamsterei dagegen sehr.

Der Igelschnitt

Es ging einmal der Igelmann
zu der Friseurin nebenan.
„Du kannst“, so sprach er, „gut frisieren.
Willst du es mal mit mir probieren?
Mein Weib traktiert mich jeden Tag,
weil sie mich nicht mehr sehen mag.“
Darauf sprach sie „komm mit mir mit,
ich mach dir einen Igelschnitt.“

Nach kurzer Zeit war es vorbei.
Der Igel sah jetzt aus wie neu.
Als er sich nun im Spiegel sah,
da rief er aus „ganz wunderbar!“
Auch seine Frau war ganz entzückt
und hat ihn fest ans Herz gedrückt.
So half ihr großes Schnipp-Geschick
zu einem neuen Igelglück.

Der Junikäfer

War einmal ein Junikäfer,
ein besonders langer Schläfer.
Kroch aus der Erde im August,
hat das aber nicht gewusst.
Er wusste aber gleich genau,
ich suche mir jetzt eine Frau,
flog umher recht viele Stunden,
hat aber keine mehr gefunden.
Dann war er matt und dachte nur,
es stimmt was nicht in der Natur.

Der Kohlweißling

Die Raupe auf dem Weißkohlblatt
fraß vergnügt sich richtig satt.
Ein Kohlweißling, der sie sah,
rief verächtlich „puh und pah.
Dieses Wesen ist so hässlich,
kriecherisch verfressen grässlich,
grüngelb mit Mustern, kurz behaart.
Ich bin dagegen weiß und zart,
kann von der Blumen Nektar trinken
und mit meinen Flügeln winken."

Ja, manch einer schnell vergisst,
woher er selbst gekommen ist.

Der Maulwurf

Ein Maulwurfmann sucht eine Frau
und geht darum auf Bräuteschau.
Er findet eine nett und klug.
Sie sagt, „es ist noch nicht genug.
Ich möchte sehen, wie ein Mann
Gang und Hügel bauen kann.

Schaffst du zehn in kurzer Zeit
bin zur Hochzeit ich bereit."
Der Maulwurf gräbt nun Gang um Gang,
ein jeder viele Meter lang.
Er wirft die Erde flink hinaus.
Zehn Hügel werden so daraus.

Die Maulwurffrau ist ganz zufrieden.
Sie sind bis heute nicht geschieden.

Der neue Frosch

Der Frosch ist nackt, das wissen wir.
Er schämt sich allerdings dafür.
Wenn er uns sieht, dann hüpft er gleich
hinein in seinen Heimatteich.

Darum denke ich jetzt neu:
Der Frosch ist weder feig noch scheu.
Sei kein Frosch sag ich nicht mehr,
weil es ja falsch ist bitte sehr.
Er liebt nun mal nicht FKK.
Dafür sind wir Menschen da.

Der Seitensprung

Vor langer Zeit der Seitensprung
ist heute nur Erinnerung.
Er war noch jung als es geschah,
doch die Gefühle sind noch nah.
Es war ein lauer Sommertag
als er auf einer Wiese lag.
Sie kam gleich nackt auf ihn zu.
Sein Seitensprung vertrieb die Kuh.

Der Unglücksrabe

Ein Pechvogel ist er garantiert.
Was ist ihm alles bloß passiert?
Erst knutscht der Elch, dann tritt das Pferd.
Das Schwein pfeift nun, wenn auch verkehrt.
Zum Schaden kommt der Spott dazu.
Er braucht jetzt nur noch seine Ruh.

Der Wettlauf

Zwei Hähne einigten sich schnell
auf dieses Hühnerhofduell:
Wer erkämpft die Gunst der Hennen?
Lass uns um die Wette rennen.
Nach einer Viertelstunde schon
bekam der Sieger seinen Lohn.
Die Hennen zum Verlierer riefen,
„du kamst ja unter ferner liefen."
Der aber stellte sich ganz taub
und machte schnell sich aus dem Staub.

Die Nacktschnecke

Unter einer Brombeerhecke
wohnte eine nackte Schnecke.
Die Nachbarn sprachen unter sich,
wie sieht die aus, ganz fürchterlich.
Die Schnecke überlegte nun,
was kann ich bloß dagegen tun.
Am nächsten Tag ein Schild stand da,
drauf war zu lesen: FKK.

Die Eselsbrücke

Wer seinen Irrtum selbst bekennt,
sich oftmals einen Esel nennt.
Die Selbstkritik stimmt so nicht hier.
Der Esel ist ein kluges Tier.
Es hilft bei mancher Wissenslücke
bekanntlich eine Eselsbrücke.

Die Katze

Ein Maler schuf voll Geisteskraft
ein neues Bild mit Leidenschaft.
Zufrieden schaute er es an,
da schlich die Katze leis heran,
er bekam das gar nicht mit
und gab ihr einen derben Tritt.

Die Katze schrie und er erschrak,
wodurch das Bild am Boden lag.
Das Unglück nahm nun seinen Lauf.
Die Katze sprang jetzt auch noch drauf.

Der Maler stöhnte nur den Satz:
„Es war wohl alles für die Katz."

Die Leseratte

War mal eine Leseratte,
die las ständig, denn sie hatte
jeden Tag viel Kaffeesatz,
aber keinen Bücherschatz.
Das ging so viele Jahre lang,
bis sie den Kaffee nicht mehr trank
und nur noch Tee im Becher hatte.
Das war das Aus der Leseratte.
Der Kaffeesatz war ja nun weg
und Beuteltee hat keinen Zweck.

Die Mottenmode

Es war einmal ein Abendkleid.
Das hing schon eine lange Zeit.
Nur eine Motte fand es fein
und fraß hier viele Löcher rein.

Die junge Tochter aus dem Haus
suchte sich das Kleid heraus
und fand die Löcher mega gut.
Sie zog es an mit Schalk und Mut.

Auf der nächsten Party dann
kam das Kleid fantastisch an.
Alle wollten jetzt nur noch
so ein Kleid mit Mottenloch.

Die Motte ist nicht mehr verpönt,
weil sie die Kleider so verschönt.
Man kann sie kaufen, ach wie nett,
jetzt sogar per Internet.

Ein Modeschöpfer rief ganz schlau
zu einer Mottenmodenschau.

Die Nebelkrähe

Jeden Tag in meiner Nähe
sehe ich die Nebelkrähe.
Die meiste Zeit ohne Ruh
sucht sie Futter immerzu.

Braucht sie einmal eine Rast,
sitzt sie auf des Baumes Ast.
Komm ich vorbei, kräht sie mich an,
als ob ich sie verstehen kann.

Deshalb spreche ich zu ihr,
„mir geht es gut, wie geht es dir?“
Wenn sie das hört, so glaube ich,
ist sie zufrieden über mich.

Die Spinne

Am seidenen Faden hängt die Spinne
und schärft dabei all ihre Sinne.
Wenn der Mensch an diesem hängt,
ist er in Not und sehr bedrängt.

Die Pfütze

Es schuf der Regen eine Pfütze.
Wozu wohl war das Wasser nütze?
Ein Spatz erfrischte sich beim Bade.
Das Wasser ging ihm bis zur Wade.
Doch schrumpfte sehr das Regenkind
durch heiße Sonne, frischen Wind.
Und nach vierundzwanzig Stunden
war das Spatzenbad verschwunden.

Betrübt schaut der auf seine Wade
und sagt zur Spatzenfrau nur – „schade."

Die Wespe

Der Duft des hellen Biers im Glase
stieg einer Wespe in die Nase.
Sie kroch hinein mit großer Mühe
und rutschte in die gelbe Brühe.
Als ich das sah, tat sie mir leid
und habe sie sehr schnell befreit.
Sie hatte jetzt nur wenig Kraft
und kroch davon total geschafft.

Was denkt sich nun das kleine Tier?
Mein Lebtag lang trink ich kein Bier?

Drei Spechte

Ein schwarzer und ein grüner Specht,
die trafen einen Bunten.
Sie sahen sich den Vogel an
von allen Seiten und von unten.

„Der sieht ja anders aus als wir,
folglich ist er nicht von hier.
Die bunten Federn sind nicht echt,
darum ist das auch kein Specht.
Wir sind beide so bescheiden,
den da können wir nicht leiden."

Der Buntspecht aber sprach kein Wort
und hämmerte in einem fort.

Dumm gelaufen

Ein Frosch wollt' in Paris studieren,
er meinte, er sei sehr gelehrt.
Er übte vorher Tisch-Manieren
und mietete sich ein Gefährt.
Als in Paris er angekommen
und im Hotel sich einquartiert,
wurde er gleich ausgenommen
und hat nimmermehr studiert.

Ein verrapptes Märchen

Es war einmal eine alte Geiß,
die hatte sieben Kinder
wie jeder wohl weiß.
Sie wollte in den Wald,
das Futter war knapp.

„Lasst den Wolf nicht herein,
ich hau dann mal ab.
Ihr erkennt ihn gut
an Stimme und Füßen
also seid auf der Hut."

Die Geißlein sagten,
„du kannst ruhig gehen,
wir nehmen uns in acht,
auf Wiedersehen."

Nicht lange danach eine Stimme rief
„ich bin wieder da,"
die Stimme war tief.
Doch die Geißlein riefen „meck meck,
wir kennen dich Wolf"
und schickten ihn weg.

Ein wenig später tönte es hell
„jetzt bin ich es aber,
macht auf schnell schnell."
Doch die Geißlein riefen meck meck,
erkannten den Fuß
und schickten ihn weg.

Beim dritten Mal da klang es so fein,
der Fuß war weiß,
sie ließen ihn rein.
Er verschlang sie alle mit Haut und Haar,
bis kein einziges
mehr zu sehen war.

Nur das Jüngste konnt er nicht fressen,
denn im Uhrkasten
hat es gesessen.
Der Wolf legte sich unter den Baum,
schnarchte fürchterlich laut
und fraß noch im Traum.

Die Alte kam, die Kiepe voll Futter,
kein Geißlein zu sehen,
da erschrak die Mutter.
Das Jüngste erzählte von des Wolfes Gier.
Er hat alle verschluckt,
nur ich bin noch hier.

Dann sah sie den Wolf, und im dicken Bauch
bewegte sich was
und es zappelte auch.
Da hoffte sie sehr, es könnt ja sein,
dass die Kinder noch leben,
ich gucke da rein.

Und sprach zum Geißlein
„lauf schnell mein Kind
hol Nadel, Faden
und Schere geschwind."
Der erste Schnitt, ein Kopf ist schon da.
Sie sprangen heraus
und riefen Hurraaa!

Stiegen gesund aus dem Bösewicht.
Der schnarchte so laut
und merkte es nicht.
Jetzt füllten sie schnell
den Wanst ganz voll
mit Wackersteinen,
das fanden sie toll.

Nun nähte die Alte den Bauch wieder zu.
Der Unhold spürte nichts,
schnarchte weiter in Ruh.
Dann wachte er auf
und wollte was trinken,
da schepperten die Steine,
er fing an zu hinken.

Und er rief, „was im Bauche pumpelt,
das sind keine Geißlein,
weil es so rumpelt.
Wackersteine, die machen den Durst.
Ich muss jetzt trinken,
alles andre ist Wurst."

Er stolperte sich hin zum ersten Schluck,
beugte sich hinab,
da gab's einen Ruck.
Tief im Brunnen sahen sie ihn,
er rührte sich nicht,
die Geißerchen schrien.

Nun waren sie frei von aller Not.
Sie wussten genau,
der Wolf ist jetzt tot.
Sie sangen es
vor Freude hinaus
und tanzten mit der Mutter
um den Brunnen herum.
Das Märchen ist aus.

Ein Elefant kam in die Küche

Ein Elefant kam in die Küche
und stahl dem Koch ein Ei.
Der nahm den Eierbecher
und hielt ihn hoch dabei.
Sofort begriff das kluge Tier,
das Ei muss in den Becher hier.
Behutsam setzte er es rein
und ließ den Koch danach allein.

Elsterschatz

Ein Markstück liegt so ganz allein
auf einem großen harten Stein.
Frau Elster findet diesen Ort,
sie nimmt das Geldstück mit sich fort
und geht sofort zum Fuchsbau ran.
„Herr Fuchs, so schauen sie mal an
wie das in der Sonne glitzert
und so mannigfaltig blitzert.
In meinem Nest da ist noch Platz
für diesen großen Silberschatz."

Der Fuchs schaut sich das Markstück an
hebt sprechend seine Pfote dann:
„Zirkel sehe ich und Hammer,
das ist fürwahr ein großer Jammer."
Doch das Elsterweib, es spricht,
„dies alles interessiert mich nicht.
Ich will die Mark, sie passt so gut
zu meinem neuen Sommerhut."

So glitzert nun im Elsternest
von der DDR der letzte Rest.

Entenschelte

Ihr meint, wir sind lahm?
Das ist infam.
Auf allen Kontinenten
schnattern wir Enten.
Außerdem ist bekannt,
wir brauchen Wasser und Land.
Wer das schafft muss sich regen
und sich vielfach bewegen.
Nur die Antarktis ist zu kalt.
Aber auch dort sind wir bald.

Esel und Kuh

Der Esel ging mal auf das Eis,
weil ihm zu wohl war, wie man weiß.
Dabei glitt er oftmals aus,
das sah wie ein Tänzchen aus.

Die Kuh sah ihn und fragte sich,
wie wäre das denn auch für mich?
Gedacht getan, mit viel Gemuh
so lief sie auf den Esel zu.

Als der das Rindvieh kommen sah,
nahm er Reißaus und schrie IA.
Jetzt stand die Kuh da ganz allein
und sprach zu sich, ich lass es sein.

Nun kam der Bauer angerannt.
Erfreut hat ihn die Kuh erkannt
und ging mit ihm zum Bauernhof.
Der Esel, dachte sie, ist doof.

Und der Bauer lachte leis,
ich krieg noch jede Kuh vom Eis.

Falscher Beifall

Ein Dieb will grade in ein Haus.
Die Elster sieht's vom Baume aus
und spornt ihn an mit viel Geschrei.
Das aber stört die Dieberei.
So hat ihr Beifall falschen Zweck.
Der Dieb hört auf und stiehlt sich weg.

Federhose

Vom Vogel hört man weit und breit,
er trägt ein schönes Federkleid.
Egal, ob Vogelfrau, ob Mann,
nicht einer hat hier Hosen an.
Das find ich wirklich nicht gerecht.
Sind Federhosen denn so schlecht?

Wenn wir mal nach draußen schauen,
Hosen tragen sehr viel Frauen.
Sie sind auch bunt und elegant,
doch Federhosen sind verbannt.
Seh ich den Papagei in Pose,
denk ich an eine Federhose.

Fliege und Mensch

Fliege:
„Es macht mir Spaß, dich zu necken
und beim Schlafen aufzuwecken.
Ich tanze gerne mit Gesumm
auf deiner großen Nase rum."

Mensch:
„Fliege, Fliege, sei auf der Hut
und zügle deinen Übermut.
Irgendwann bist du gefangen,
dann hilft kein Hoffen und kein Bangen."

Fliege:
„Du musst mit uns Fliegen leben.
Nach mir wird es neue geben.
Drum lebe ich so wie ich bin.
Was Anderes hat keinen Sinn."

Mensch:
„Ich danke dir für deinen Mut.
Deine Meinung tut mir gut."

Flöhehusten

Mein Nachbar ist ein Kleindompteur.
Flöhe springen hin und her.
Er und sein Zirkus sind bekannt,
sie reisen durch das ganze Land.
Deshalb weiß er gut Bescheid
und kennt gleich jede Neuigkeit.
Sogar was sein wird, ist ihm klar.
Er spürt auch, was noch gar nicht war.
Glaubt man ihm nicht, ist er empört,
weil er der Flöhe Husten hört.

Kastanienball

Zwei junge Igel mit der Mutter
suchen sich Insektenfutter.
Eine Kastanie liegt im Gras.
Der eine staunt, was ist denn das?
Lass uns spielen mit dem Ball!
Die Mutter schimpft: „Auf keinen Fall!
Seht ihr nicht, das Ding ist hässlich,
mit den Stacheln einfach grässlich."

Katze im Sack

Ein Bauer kam vom Markt nach Haus
und packte seine Ware aus.
Ein Kaninchen lag im Sack.
Dieses trug er huckepack.

Jedoch hat er sein Haar gerauft.
Ein Kätzchen hatte er gekauft.
Das war natürlich ärgerlich,
doch seine Tochter freute sich.

Sofort war dieses „Kätzchen“
ihr liebstes Schätzchen.

Käferversammlung

Ein Auto steht vor einem Haus.
Es sieht grad wie ein Käfer aus.
Schon surrt ein Käfer hier vorbei
und stellt sich vor: „Man nennt mich Mai.“

Ein zweiter landet auf dem Heck.
„Ich bin Kartoffel,“ sagt er keck.
„Woll,“ ruft der Dritte noch im Flug.
„Ich ruh mich aus, es ist genug.“

Der Vierte landet mit Geweih.
„Ein Hirsch wie ich ist hier dabei.“
„Marien, Marien,“ ruft es laut.
„Der Große ist wie ich gebaut.“

„Ich muss als Rüssel in die Runde,
bin der Sechste nun im Bunde.“
Das Auto seufzte nur Oh je,
ich bin kein Käfer, bloß VW.

Kalif und Großwesir

Der Kalif sprach zum Großwesir:
„Welches ist dein liebstes Tier?
Das Kamel kann ich gut leiden.
Es ist fleißig und bescheiden.
Auch den Esel würd ich nennen,
den als guten Freund wir kennen.“

Der Großwesir stimmte sofort zu,
doch eines ließ ihm keine Ruh:
„Wenn wir jemand kritisieren
und vergleichen mit den Tieren,
die wir schätzen und sehr lieben,
wo ist da der Sinn geblieben?“

Krähenkrach

Sehr früh werde ich oft wach.
Mich weckt draußen großer Krach.
Krähen gibt es viele hier,
sie streiten sich um ihr Revier.
Plötzlich sind sie wieder still,
doch nicht, weil ich noch schlafen will.
Das schaff ich dann mit Ach und Krach.
Schnell bin ich leider wieder wach.

Krimis

Des Schäfers Hunde waren krank.
Das ging so nun schon tagelang.
Der Schäfer überlegte schwer.
Es musste eine Lösung her.

Da er sehr gerne Krimis sah,
rief er auf einmal laut Aha.
Warum sollen die Heidschnucken
nicht auch meine Krimis gucken?

Die Technik war schon bald bereit
für den Empfang zu Weidezeit.
Und siehe da, es funktionierte,
die Herde auf die Krimis stierte.

Die Hunde waren wieder fit
und schauten auch die Krimis mit.
Sogar die Wölfe sahen zu,
die Herde hatte ihre Ruh.

Kuckuck

Der faule Kuckuck brütet nicht,
drum kam er vor ein Schiedsgericht.
Das entschied aus diesen Gründen,
der Kuckuck muss es selbst verkünden.
So hört man laut seit dieser Zeit,
warum der Kuckuck Kuckuck schreit.

Nun stellt euch vor, ein solch Gericht
verurteilt einen faulen Wicht,
seine Faulheit zu bekennen
und seinen Namen laut zu nennen.
Dann gäbe es kaum einen Ort,
wo man versteht sein eignes Wort.

Laus und Floh

Sowohl die Laus als auch der Floh
machen uns nicht wirklich froh.
Ähnlich wird‘s beim Lausbub sein.
Ich begreife das und seh es ein.
Und Lausemädchen? - nie gehört.
Das macht mich irgendwie verstört.
Warum man nicht auch Flohbub sagt,
das weiß ich nicht, bin überfragt.

Liebesnot

Er war so stark
und schien so klug,
wenn er die Augen
niederschlug
und ihr seine Lippen bot
litt sie große Liebesnot.
Ach, wenn's ein Mann
wie dieser wär,
doch leider war's ein
Lippenbär.

Mein Haustier

Ich hab ein Haustier, das ist klein.
Es geht nie raus und auch nicht rein,
braucht weder Speise oder Trank,
ist stets gehorsam und nie krank.
Muss ich bei mir Ordnung schaffen,
hol ich meinen Klammeraffen.
Mit seinen spitzen Affenklammern
beißt er zu, ohne zu jammern.

Mein lieber Schwan

Wir sagen gern mein lieber Schwan,
wenn wir bewundern, was getan.
Ich find die Schwanenehre gut.
Er steht für Schönheit, Kraft und Mut.
Wer soll ihm das Wasser reichen?
Niemand, außer seinesgleichen.

Mopsdrops

Es war einmal ein kleiner Mops,
der war auf Fisch versessen.
Da sah er einen Rollermops
und hätt ihn gern gefressen.

Doch im letzten Augenblick
hielt der Rollmops ihn zurück.
Ich bin ein Mops genau wie du.
Deshalb lass mich schön in Ruh.

Ein guter Mops frisst keinen Mops.
Nimm dir doch lieber einen Klops.
Das tat dann auch der kleine Mops
und lutschte nachher einen Drops.

Da freute sich der Rollermops
und sagte zu dem kleinen Mops:
Das hat doch ordentlich geflutscht.
Nun ist der ganze Drops gelutscht.

Morgenkater

Ein Kater plagte mich am Morgen.
Wie sollte ich ihn bloß versorgen?
Ich trank die Katze noch dazu
und hatte endlich meine Ruh.

Ochse und Kuh

Ein Ochse graste auf der Weide
und sprach zur Kuh, „wir gehen beide
wieder in den Stall recht bald,
mir ist‘s es hier draußen viel zu kalt.

Wenn du Lust hast, sag Bescheid,
ich bin jedenfalls bereit.“
Die Kuh schwieg still, sie nickte nur
und los ging ihre Ochsentour.

Der Weg war weit, doch nach zwei Stunden
hatten sie den Stall gefunden
und standen ganz verstört davor.
Sie sahen jetzt ein neues Tor.

Der Ochse sagte, „das ist dumm,
wir kehren lieber wieder um.“
So trotteten die Viecher beide
ratlos zurück zu ihrer Weide.

Protest einer Singdrossel

Den Menschen bin ich wohlbekannt.
Singdrossel werde ich genannt.
Ich soll eine Schnapsdrossel sein?
Das finde ich gemein.
Schnaps ist doch ein Trank
und kein Gesang.
Ich bin eine Singdrossel
und keine Trinkdrossel.

Quallen

In der Ostsee schwimmen Quallen,
die vielen von uns nicht gefallen.
Ja, wir kennen sogar Tage,
da werden sie zur Badeplage.
Dennoch sind sie konsequent
beispielhaft, weil transparent.

Rabeneltern

Man sagt manchmal von den Raben,
dass sie schlechte Eltern haben.
Fragt man nun ein Rabenkind,
wie die Eltern wirklich sind,
sagen sie, ganz wunderbar,
sie sind das beste Elternpaar.
Und in der Tat, sie haben recht.
Wir reden Rabeneltern schlecht.
Sind wir zur Korrektur bereit?
Es wird allerhöchste Zeit.

Rabenschwarz

An diesem Tag ging alles schief,
schon morgens als kein Wasser lief.
Am Mittag fiel das Navi aus
und abends gab es nur noch Staus.
Ein schwarzer Rabe krächzte laut,
als hätt er grad ein Nest gebaut -
ein Vogel, den ich gar nicht mag.
Es war ein rabenschwarzer Tag.

Schelte einer Meise

Der Mensch macht sich lächerlich.
Wenn einer spinnt, nennt er mich.
Er gehört nicht zu den Weisen.
Was weiß er schon von uns Meisen?

Bis zu drei Bruten ziehn wir auf,
klagen nicht im Jahreslauf,
pflegen unser Gefieder
und singen aller Tage Lieder.
Blattläuse, Raupen und auch Spinnen
können uns nicht entrinnen.

Es stimmt, der Mensch baut uns Kästen,
befestigt sie an Stämmen und Ästen.
Er müsste unser Leben kennen
und die Fleißigen nach uns benennen.

Schlafende Hunde

Freudig wurde jetzt berichtet,
endlich ist der Streit geschlichtet.
Die Nachbarn hatten sich verzankt.
Das ist vorbei, Gott sei's gedankt.

Wenn sie Hunde schlafen sehen,
gehen sie auf leisen Zehen.
Um den Streitgrund zu verdecken,
darf keiner diese Tiere wecken.

Schmetterling

Der Schmetterling, der Schmetterling,
das ist ein flatterhaftes Ding,
er sucht eine Nektarschüssel
und saugt hier mit seinem Rüssel.

Das macht er sein Leben lang,
bestäubte Blüten sind sein Dank.
Er nascht gerne süßen Saft
und sorgt so für Flatterkraft.

Einer nennt sich Kleiner Fuchs.
Das wär für uns ein toller Jux
für neue Fuchs- und Wolf-Geschichten,
könnt ich vom Kleinen Fuchs berichten.

Der Wolf ist leider nicht dabei
unter all der Flatterei.
Das ist schade, gibt es doch
Schmetterlinge noch und noch.

Schnecken

Er isst so gerne Weinbergschnecken,
weil sie ihm so köstlich schmecken.
Sie sind sogar sein Leibgericht.
Ich esse diese Schnecken nicht.
Jedoch gebacken süß mit Guss
verzehre ich sie mit Genuss.

Schweineteuer

Vor dem Supermarkt steht ein Schwein.
Doch keiner lässt es hier herein.
Allen ist nicht ganz geheuer,
dann würde alles schweineteuer.

Sommerflieder

Schmetterlinge auf und nieder
fliegen auf den Sommerflieder.
Ob Pfauenauge, Admiral,
Taubenschwänzchen ganz egal,
tauchen ihren kleinen Rüssel
in die Blütennektarschüssel.

Es sind viele, kaum zu zählen.
Kostend können sie hier wählen
und mit winzig kleinen Tropfen
ihre Rüsselmäuler stopfen,
erfreuen uns im Sonnenglanz
mit ihrem wundervollen Tanz.

Ist dann die Zeit der Dämmerung
Nachtfalter kommen nun mit Schwung.

Sonnenjagd

Am Abend werden Camper munter.
Die Sonne geht in Kürze unter.
Smartphon und Fotoapparat
halten freudig sie parat
für den Schnappschuss voller Wonne
von der guten roten Sonne.

Spatzen

Ein Posten wird bald neu besetzt.
Die Spatzen haben es verpetzt
und von den Dächern auch verraten
den designierten Kandidaten.

Man sagt ihnen nach, sie pfeifen.
Das kann ich nicht begreifen.
Ich würde was drum geben,
einen Pfeif-Spatz zu erleben.

Traumfrau

Sie hat einen stolzen Gang,
Hals und Beine sind sehr schlank,
dazu die Wimpern lang und voll.
Männer finden sie so toll.
Wenn sie klug von oben schaut
träumen sie von ihr als Braut.
Doch alle Träume sind vergebens,
sie wird nie die Frau des Lebens.

Keiner wird es jemals schaffen,
denn sie gehört zu den Giraffen.

Turtelei

War mal eine Turteltaube,
die saß auf einer Gartenlaube.
Da kam ein Turteltäuberich
und sprach, mir ist so turtelich.

Mir auch, sagt da die Turteltaube.
Der Gärtner schaut jetzt hoch zur Laube.
und ruft gleich seine Frau herbei.
Wie schön ist doch die Turtelei.

Vergeblicher Protest

Auf einer Wiese trafen sich
Pute, Kuh und Gänserich.
Ich habe es genau gehört,
begann die Pute sehr empört.
Der Bauer rief du dumme Pute.
Die Frau zog eine schiefe Schnute.
Er nannte sie auch blöde Kuh
Und dumme Gans sogar dazu.

Der Bauer hört die Tiere nicht
und denkt darum nicht an Verzicht.

Warum die Krähen krächzen

Es trug in früher Zeit sich zu.
Die Krähen gaben keine Ruh.
Man lobte sehr die Nachtigall
für ihrer Stimme gold`nen Schall.

Die Krähen wollten, ihr Gesang
verdiene einen besseren Klang.
Sie fragten nun im Himmel an,
ob Gott ihn auch vergolden kann.

Da ärgerte der Schöpfer sich
und schuf die Stimme krächzelich.
So hören wir heut fern und nah
der Krähen arr und krah, krah, krah.

Ziegen

Zwei zutrauliche zottelige Ziegen
zerkauten zankend zusammen
zackig zähneknirschend
zehn Zedernzapfen zum Zeitvertreib,
zugleich zögernd zwanzig Zwiebeln, zwölf Zucchini,
zogen zig Zahnstocher zickzack
zehnmal zielend zwischen Zahnlücken
zum Zwecke zügiger Zahnreinigung.

Zwei Käfer

Auf einer Wiese Ende Mai
treffen sich der Käfer zwei.
Der eine sagt, das war es dann.
Der andere, ich fang jetzt an.
Nun rate jetzt geschwind,
wer die beiden Käfer sind.

Zwei Raben

Die Räbin und der Raberich
trafen auf dem Baume sich.
Sie schauten auf ein Fußballspiel.
Als das erste Tor hier fiel
und den Torschrei sie gehört,
waren beide sehr verstört.
Er klang für sie sehr fürchterlich.
Da sagte drauf der Raberich:
Unsre Stimme ist dagegen
mit ihrem Klang ein wahrer Segen.

Zwei Stare

Zwei Stare stritten stundenlang,
wer hat den schöneren Gesang.
Sie fragten bei der Amsel an,
ob sie den Streit entscheiden kann.
Diese sprach, ich höre nur
ihr seid beide viel zu stur.
Darum wäre es sehr nett,
ihr singt beide im Duett.

Natur

Auwald

Er rannte schnell durch die Bäume
dank großer Zwischenräume,
fiel und spürte großes Au bald,
denn es war ein Auwald.

Campers Sehnsucht

Der Januar ist fast vorbei.
Nun kommt der Februar an die Reih.
Mit seinen kürzeren Tagen
wird er uns nicht lange plagen.
Der März den Winter schickt nach Haus
und ruft den Frühling mit Applaus!
Der stürmt nun im April heran,
und die Saison fängt endlich an.

Das Echo

Ein Wanderer ging durch ein Tal
und schrie aus Lust mit einem Mal.
Da kam der Schrei, ihm wohlbekannt,
als Echo wieder angerannt.
So hörte er die Lust zurück
und empfand ein Doppel-Glück.

Das Mauerblümchen

Das Blümchen wächst auf einer Mauer.
Sein Leben ist von kurzer Dauer.
Die Wurzeln finden wenig Halt
in einem kleinen Mauerspalt.
Es blüht gestern nur und heute
und erfreut sehr viele Leute.
Die Mauer alt, das Blümchen jung,
das bleibt in Erinnerung.
Im Leben hat der Gegensatz
ganz unverzichtbar seinen Platz.

Das Windkleid

Es wehte mal ein starker Wind,
der raste plötzlich ganz geschwind.
Auf dem Schiff rief ein Matrose,
dieser Wind hat eine Hose.
Der Begriff fällt aus der Zeit.
Warum trägt der Wind kein Kleid?
Ein Windkleid wäre angebracht,
wenn sich ein starker Sturm entfacht.

So ehrten wir auch hier zu Recht
das starke weibliche Geschlecht.

Das Wolkenschaf

Vom Himmel schaut ein Wolkenschaf
scheinbar kuschelig und brav.
Doch wenn Blitz und Donner krachen,
wird es zu einem Riesendrachen.
Finster speit er Sturm und Regen.
Schwer, sich draußen zu bewegen.

Seine Wut ist bald verflogen.
Grollend ist er weggezogen.
Der Drache wird ein Wolkenschaf,
ist wieder kuschelig und brav.
Sehr schnell verführt uns erster Schein,
verbirgt gekonnt das wahre Sein.

Der Fluch

Ein derber Fluch saß auf der Zunge
und sprang laut mit großem Schwunge
ungewollt in eine Kläranlage.
Hier wusch man ihn viele Tage
solange kräftig rein und klar
bis er ein braves Sprüchlein war.

Der Furz

Feucht flog ein Furz nach Afrika.
Doch als er die Sahara sah,
spürte dieser kleine Scheißer,
dass er trocken wurd und heißer.

Da kehrte er zu seinem Glück
ins deutsche Heimatland zurück.
Von nun an hieß es knapp und kurz:
Das ist ja trocken wie ein Furz.

Der grüne Zweig

Bei ihm ging immer alles schief,
sogar des Nachts, wenn er schon schlief.
Der Hausarzt sagte zu ihm nur,
„spazieren Sie in die Natur.
Am besten ist hierfür der Wald,
danach wird vieles besser bald.“

So ging er los und war gespannt,
bis er vor einem Baume stand
und dachte, wenn ich den besteig,
komm ich auf einen grünen Zweig.

Gesagt, getan, und ohne Hast
erklomm er einen großen Ast
mit vielen Zweigen grün und lang.
Da seufzte er nur Gott sei Dank.

„Ich bin, sprach er, vor Glück benommen,
„auf einen grünen Zweig gekommen.“
Es ging nie wieder etwas schief,
weil seither alles bestens lief.

Der Holzweg

Es ging einmal ein Wandersmann
in den Wald durch Busch und Tann.
Als er zur Rückkehr sich entschloss,
weil kräftig kalter Regen floss,
fiel der Rückweg anders aus,
er lief den kurzen Weg nach Haus.
Hier lagen Bäume frisch gefällt,
und bald war auch der Weg verstellt.
Nun war ihm sein Irrtum klar,
dass er auf dem Holzweg war.

Der Husten

Ein Husten hat ganz laut gebellt
und sprang gleich in die weite Welt.
Doch hier war er nicht willkommen.
Das hat ihn mächtig mitgenommen.
Sein Bellen klang nun heiser,
er wurde leis und leiser.
Schließlich hat er sich verpufft
und endete als warme Luft.

Der mutige Luftballon

Es war einmal ein Luftballon,
der flog den anderen davon.
Er fasste den Entschluss,
so wie die Vögel, die er sah,
ich fliege jetzt nach Afrika.

Er kam den Elefanten nah,
die grüßten ihn mit viel Trara.
Die Giraffen und ein Gnu
winkten mit dem Schwanz ihm zu.

Die Affen staunten sehr.
Sowas kam noch nie hierher.
Der Marabu konnt' ihn nur loben.
Das Flusspferd schielte schräg nach oben.

Zwei Strauße liefen hinterher
und hatten keine Puste mehr.
Das Krokodil, sonst träg und faul,
sprang richtig hoch mit off'nem Maul.
Und der Löwe sprach spontan:
„Willkommen neuer Untertan."

Erfolg hat, wenn man mutig ist
und einmal seine Angst vergisst.

Der Nase nach

Ein Wanderer verirrte sich.
Wo geht es lang fragte er sich.
Da fiel ihm ein, ist ja nicht schwer.
Auf keinen Fall mehr kreuz und quer.
Der Nase nach geradeaus.
So fand er wieder schnell nach Haus.

Der Rosenstrauch

Viele Blüten hat der Strauch,
daneben pralle Knospen auch.
Zugleich ist manches schon verblüht
gleich einem Funken, der verglüht.
So ist nun mal des Lebens Lauf.
Was schön beginnt hört auch mal auf.

Der Steinpilz

Im Wald ein Steinpilz war sehr klein,
er wollte ganz schnell größer sein.
Es regnete nach kurzer Zeit,
der Steinpilz wurde groß und breit.

Als ihn so ein Wildschwein sah,
kann man sich denken, was geschah.
Wer gar zu schnell nach oben strebt,
riskiert, dass er nicht lange lebt.

Der Wetterhahn

Man nennt mich gerne Wetterhahn,
doch zeige ich das Wetter an?
Ich weise euch die Bahn vom Wind.
Woher, wohin braust's Himmelskind.

Nur muss ich immer stehn und drehn.
Wie lange soll denn das noch gehn?
Ich stell mir vor, ich sitze
hier auf der Kirchturmspitze.
Ach, das wäre ja so schön.

Der Windsack

Ein Windsack hing an einem Baum.
Der Wind beachtete ihn kaum.
Die Neugier siegte aber doch,
sodass er in den Windsack kroch.

Der wurde nun zum Monsterdrachen,
um das Grundstück zu bewachen.
Der Haushund aber bellte laut,
weil er dem Wächter nicht vertraut.

Die Quelle

An der Quelle saß der Knabe,
damit er sich am Bache labe.
Was Schiller schrieb ist lange her.
Die Quelle gibt es jetzt nicht mehr.

Und das Wasser in dem Bache
ist nur noch verdreckte Lache.
Doch Hoffnung gibt es sicherlich.
Ein Knabe macht den Spatenstich.

Die Schneefamilie

Es war die kalte Winterszeit,
ein Schneemann klagte laut sein Leid.
Ich bin immer noch allein
und möchte nicht mehr einsam sein.
Mir fehlt, es wäre ja so nett,
eine Schneefrau hübsch und adrett.

Die Kinder sprachen, ja natürlich
und schufen eine Frau figürlich.
Doch nicht genug, sie bauten schnell
noch drei Kinder auf der Stell.
Die Schneefamilie war so froh
und die Kinder ebenso.

Es dauerte nicht mal zwei Stunden,
da hat man sie im Netz gefunden.
Die Freude wurde so geteilt
durch viele User landesweit.

Die verliebte Walnuss

Es war vor Millionen Jahren
wie die Forscher jetzt erfahren.
Da gab mal eine Haselnuss
der glatten Walnuss einen Kuss.

Die wurde davon ganz verrückt,
die Liebe sei ihr nun geglückt.
Das gefiel dem Schöpfer nicht,
drum faltete er ihr Gesicht.

Seither gab keine Haselnuss
der neuen Walnuss einen Kuss.

Eisblumen

Der Winter malt wie jeder weiß
die schönsten Blumen nur aus Eis.
Doch an unseren Fensterscheiben
können sie nicht lange bleiben.
Die Sonne hat sie abgeleckt,
und Frühjahrsblüher aufgeweckt.

Flusskuss

Die Dahme küsst voll Liebesweh
in Köpenick die Müggelspree.
Sie wird nun Spree mit diesem Kuss,
den sie der Havel reichen muss.

Jene macht erfreut dasselbe
mit der heißgeliebten Elbe.
Gestärkt eilt diese reich beschenkt,
weil sie schon an die Nordsee denkt.

Gletscher und See

Ein Gletscher, das ist ewig her,
stieß vor vom hohen Norden,
jedoch dann schmolz er mehr und mehr
und ist ein See geworden.

Grüner Klee

Der grüne Klee ist wahrhaftig
ein gutes Futter, frisch und saftig.
Darum kann man auch verstehen,
dass wir ihn mit Lob versehen.
Ein jeder von uns freuet sich
über ein Lob ganz sicherlich.
Über grünen Klee umso mehr
vergrößert es die Freude sehr.

H2O

Zwei H liebten ein O,
das war so froh,
doch es konnt sich von beiden
nicht für eines entscheiden.
So schuf die Natur
Wasser pur.

Helle Köpfe

Er schaut gerne Sendungen an,
in denen man viel raten kann.
Helle Köpfe liebt er sehr,
davon hätte er noch mehr,
wenn er in seinen Garten geht
und vor dem Spargelbeete steht.

Hühnergott

Die Sonne schien,
da fand ich ihn
im Sand am Strand.
Er war zwar klein
der Feuerstein, jedoch
ich sah das Loch
und nahm ihn flott,
denn es war ein
Hühnergott.

Nun wollt ich zwei,
danach auch drei.
Zu wenig für ‚ne Kette,
genug für Amulette.
Die hänge ich auf jeden Fall
in meinen kleinen Hühnerstall,
um die Hennen anzuregen,
ein paar Eier mehr zu legen.

In der Früh

Früh eilt die Frau mit frohen Sinnen
auf die frische Ostsee zu.
Der Mann derweil bleibt lieber drinnen
und genießt froh seine Ruh.
Entspannt kehrt sie nun wieder,
der Geist vom Bade frisch,
gestärkt sind Haupt und Glieder.
Er deckt den Frühstückstisch.

Jahreszeiten

Frühling
Sträucher, Bäume werden grün.
Doch bevor sie blühn,
werden ihre Knospen knallen
und die Natur sanft beschallen.

Sommer
Es lässt der große Wolkendrachen
die Gewitter niederkrachen.
Überall die Pfützen blinken,
Tiere, Pflanzen können trinken.

Herbst
Gefahr im Wald, man glaubt es kaum.
Sie lauert hier von Baum zu Baum,
wenn bei Wärme Wolken gießen
und danach die Pilze schießen.

Winter

Hin und wieder Vögel wispern.
Man hört die Kälte klirrn und knistern.
Jeder Laubbaum hat jetzt Glatze
und der Schneemann eine Fratze.

Kirschentraum

Es war einmal ein Pflaumenbaum,
der träumte einen Kirschentraum.
An seinen Zweigen überall
hängen Kirschen rot und prall.
Dann kommen Stare tausendmal
und fressen ihn von Kirschen kahl.

Danach erwacht der Pflaumenbaum
und träumt nie mehr vom Kirschentraum.

Kletten

Die Kletten waren sehr allein
und wollten nicht mehr einsam sein.
So fragten sie beim Schöpfer an,
was er dagegen machen kann.

Er bog sofort die Härchen um
zu einem Haken winzig krumm.
Wer jetzt dicht vorbeigekommen
hat die Kletten mitgenommen.

Ob Fell, ob Stoff, sie hakten hier
zumeist als blinder Passagier.
So reisten sie durch Stadt und Land
und wurden überall bekannt.

König Baum

Einen Baum, wo er auch steht,
behandle ich als Majestät.
Mit seiner Krone sagt er mir,
ich fordere Respekt von dir.
Dienst du mir mit deinen Gaben,
wirst du große Freude haben
und genießt ein Leben lang
meinen königlichen Dank.

Latschenkiefer

Es ist allgemein bekannt,
die Bergkiefer wird auch Latschenkiefer genannt.
Sie ist eine Wunderpflanze der Natur
durch ihr Öl als heilsame Tinktur.

Was haben Latschen damit zu tun?
Ich weiß es nicht und frage mich nun:
Warum nicht Pantoffeln oder Schlappen?
Ich muss leider im Dunkeln tappen.

Sie wächst ja hoch oben und nicht im Tal.
Hier steht die gemeine Kiefer viel an der Zahl.
Bleibt als Antwort wohl dieser Grund:
Nur Öl mit Latschen macht uns gesund.

Lebensirrtum

Wer Menschen ohne Fehler sucht
und grätenlose Fische,
der bleibt ein Narr sein Leben lang
und speist allein am Tische.

Wer Wasser ohne Nässe sucht
und hitzeloses Feuer,
der irrt umher sein Leben lang
und ist nicht ganz geheuer.

Maiglöckchen

Sie blühen weiß im Monat Mai.
Betörend ist ihr Duft dabei.
Doch hier ist der Schönheit Preis
sehr giftig, wie der Kenner weiß.

Prometheus' Geist

Ich bin Prometheus alter Geist
und hab die ganze Welt bereist.
Menschen kenne ich seit Jahren,
wie sie sind und wie sie waren,
hören nicht auf die Beschwerde
ihrer aller Mutter Erde,
sind nicht durch Gier und Wahn bereit
zu Demut und Bescheidenheit,
fügen ihr zu jeder Stunde
eine neue tiefe Wunde.

So geht man nicht mit Mutter um,
oh je, wie sind die Menschen dumm.
Sind sie zur Umkehr noch bereit?
Es ist nun allerhöchste Zeit.
Prometheus hilf der Mutter Erde,
dass der Mensch vernünftig werde.

Regenbogen

Am Himmel strahlt ein Regenbogen,
ein Kind sieht ihn und staunet sehr,
doch schnell ist er davongezogen,
das Kind schaut traurig hinterher.

Reisen macht schlau

Es heißt so schön, wer reist wird schlau.
Ich weiß das nicht so ganz genau.
Drum sage ich Auf Wiedersehn,
und werde jetzt auf Reisen gehen.

Zuerst will ich zum Nordpol hin,
doch da ist's kalt, hat keinen Sinn.
Na dann per Schiff auf's große Meer,
da werd ich seekrank bitte sehr.

Besser Dschungel-Abenteuer?
Nein, das ist mir nicht geheuer.
Die Sahara tät mich locken,
die ist leider viel zu trocken.

Zum Berge steigen fehlt die Kraft,
da bin ich viel zu sehr geschafft.
auch Asien, Süd-Amerika,
Arabien und Süd-Afrika.

Doch was passiert bei Krankheit mir?
Ich geb es auf und bleibe hier.
Doch nein, ich werde starten
und gehe morgen in den Garten.

Das ist mir ganz und gar genug,
denn auch der Garten macht mich klug.
Es heißt so schön, wer reist wird schlau.
Das find ich richtig - ganz genau.

Rosenkranz

Floristen suchen Blumen aus
und binden sie zu einem Strauß.
Was binden sie zum Fasching wohl?
Na, einen Kranz aus Rosenkohl.

Schneemanns Ankunft und Abschied

Der Winter ist da, es gibt jetzt viel Schnee.
Kinder haben mich gebaut, juchhee.
Der Frühling naht und keiner mehr friert.
Ich habe mich nun verdünnisiert.
Und nächstes Jahr, gibt es da noch Schnee?
Das Klima wird wärmer oh je oh je!

Steinpilz und Pfifferling

Der Steinpilz fragt den Pfifferling:
„Was bist du für ein Sonderling?
Faltig hell, nicht braun, nicht rund.
Bist du krank und nicht gesund?“

„Was sind das für dumme Fragen?
Ärgerlich muss ich dir sagen,
ich bin ein Pilz genau wie du.
Verschone mich, lass mich in Ruh!“

Der Steinpilz dachte nur bei sich,
das ist kein Pilz – grad so wie ich.

Steter Tropfen

Ein Tropfen fiel auf einen Stein
und Ungezählte hinterdrein,
bis dann im millionsten Jahr
ein Loch im Stein zu sehen war.
Da fällt uns doch das Sprüchlein ein,
steter Tropfen höhlt den Stein.

Strauchblüte

In seinem Garten wuchs ein Strauch
mit duftend schönen Blüten.
Er pflückte sich die Schönste ab,
wollt immer sie behüten,
gab Wasser ihr und Sonnenlicht,
doch ach, die Blüte duftet nicht.

Talwanderung

Ein Wanderer lief durch ein Tal,
verirrte sich von Mal zu Mal.
Er suchte nun mit frischem Mute
die einzig rechte Wanderroute.
Er fand sie, ging und dachte schlicht:
Über den Berg bin ich noch nicht.

Tröpfelein

Irgendwo lag ein Stein,
er war so klein.
Die Morgensonne schien
und wärmte ihn.

Das tat ihm wirklich gut.
Dann kam die Mittagsglut.
Er wünschte sich so sehr,
es käme bald ein Regen her.

Tatsächlich fiel ein Tröpfelein
auf unsern aufgeheizten Stein.
Er wurde wieder munter,
die Abendsonne ging nun unter.

Und die Moral von der Geschicht:
Verachte mir ein Tröpflein nicht.

Tropfentraum

Ein Tröpflein hatte einen Traum,
es tropft von einem großen Baum,
dann kommt ein starker Wind daher
und weht das Tröpflein in das Meer.

Ein Fischlein schnappt sich diese Gabe,
auf dass esr sich gar köstlich labe
und klatscht begeistert mit den Flossen:
„Den Tropfen habe ich genossen.“

Vollmond

Der Mond ist voll, denn er ist satt,
weil er zu viel gegessen hat.
Darum bestimmt jetzt die Natur,
er braucht eine Schlankheitskur.

Als Neumond hat er es erreicht,
dass er einer Sichel gleicht.
Nun braucht er auf seiner Reise
um die Erde neue Speise,
wird wieder dicker jeden Tag,
bis er nichts mehr essen mag.

Er strahlt uns an mit vollem Bauch.
Wir strahlen mit und freu‘n uns auch.
Soll uns der Mond ein Vorbild sein?
Ich denke nicht und sage nein!

Wasser

Wasser fließt,
das weiß man doch
am liebsten
in ein tiefes Loch.
Den Berg hinauf,
das kann es nicht,
den Berg hinunter
fließt es munter.

Wasserfall eins

Wenn Wasser in die Tiefe saust
und dabei noch gehörig braust
auf dieser Erde überall,
dann nennen wir es Wasserfall.

Wasserfall zwei

Wasserfall mit Wucht
stürzt in Schlucht,
viel Gebraus -
aus.

Wasserkreislauf

Schnelle und schnelle
sprudelt die Quelle,
ein Bach wird geboren.

Munter und munter
fließt er hinunter,
beruhigt sich im Tal.

Er muss und muss
nun eilen als Fluss,
die Erde zu tränken,

reisen und reisen,
seine Kraft beweisen
als werdender Strom.

Breiter und breiter
wälzt er sich weiter
zum salzigen Meer.

Geschwind und geschwind
trinken Sonne und Wind,
unersättlich ihr Durst.

Nasser und nasser sind
die Wolken voll Wasser,
sie öffnen die Schleusen.

Wieder und wieder
fällt Regen hernieder
in Spalten und Klüfte.

Schnelle, schnelle
sprudelt die Quelle,
ein Bach wird geboren.

Zwei Fänge

Ein Angler drillte einen Hecht.
Dem Wanderer war das sehr recht.
Lang schaute er dem Angler zu.
Der Hechtfang ließ ihm keine Ruh.
Mehr Glück kann man nicht verlangen.
Hecht und Feuer sind gefangen.

Speisen

Angeber Zucker

Der Zucker in der weißen Dose
plustert sich mit großer Pose.
Die Speisen süße ja nur ich.
Vor allem Kinder freuen sich.
Salz und Pfeffer denken still,
lass den doch prahlen wie er will.
Wir stehen beide schon bereit,
denn bald kommt unsere Bratenzeit.

Apfelsinenmeckerei

Im Regal die Apfelsine
machte eine saure Mine,
schimpfte, alles wäre schlecht,
keiner machte es ihr recht.

Die Zitrone weiter vorn
geriet darüber sehr in Zorn.
Dein Meckern ist ja fürchterlich.
Richtig sauer bin nur ich.

Asche

Ich mag sehr gerne Wurst vom Grill,
wenn ich mal kräftig essen will.
Ich liebe auch das Steak vom Schwein.
Dazu lad ich mir Freunde ein.

Doch habe ich zu spät erkannt,
das ganze Fleisch war sehr verbrannt.
Das war natürlich ärgerlich.
Die Gäste hatten Trost für mich.

Hiermit sei dir gern erlaubt,
streu diese Asche auf dein Haupt.
Das haben wir noch nie gesehen
und werden froh nach Hause gehen.

Ich kühlte schnell die Asche ab,
das Wasser lief am Grill herab,
und hab mich aschig eingeschmiert.
Die Freunde waren amüsiert.

Auf den Punkt

Zwei Köche wollten gerne wissen,
wer kocht den besten Leckerbissen.
Ein Juror sollte es entscheiden,
wer ist der Sieger von den beiden.

Nach den zwei Verkostungsrunden
hat den Besten er gefunden.
Auf den Punkt genau war sein Gericht.
Das schaffte der Rivale nicht.

Er bekam ganz sicherlich
nur Komma oder Bindestrich.

Augen essen mit

Der Gast bestellte im Lokal
ein riesengroßes Mittagsmahl
und aß ganz schnell den Teller leer.
Der Kellner wunderte sich sehr.
Der Gast sah ihm das Staunen an
und sprach zu ihm: „Mein lieber Mann,
sie dürfen nicht vergessen,
die Augen haben mitgegessen."

Augenschmaus

Der neue Gast besucht gespannt
ein Zwei-Sterne-Restaurant.
Das Menü wird bald serviert.
Es ist als Augenschmaus garniert.
Dieses wird er nicht vergessen.
Die Augen haben mitgegessen.

Blümchenkaffee

Mit Blumen sowie Sonnenschein
lädt sie zu einem Kaffee ein
in ihren Frühlingsgarten,
um in die Saison zu starten.
Die Blümchen stehen auf dem Tisch,
der Blümchenkaffee duftet frisch.
Er schmeckt anders als der Starke,
ist ja eine eigne Marke.

Bratkartoffeln

Es gibt viel Kartoffelspeisen.
Eine davon soll beweisen,
die Frau, der Mann, sie sind bereit,
zusammen leben wir auf Zeit.
Es sollen Bratkartoffeln sein.

Wieso denn diese fällt mir ein.
Warum nicht Suppe oder Brei?
Das ist mir nicht einerlei.
Wie regen Bratkartoffeln an
als Medizin für Frau und Mann?

Butter und Brot

Er überlegt, was tut denn not,
wie bleibt die Butter auf dem Brot?
Denn ich lass mir die nicht nehmen,
andernfalls muss ich mich schämen.
Ich deck die Butterstulle zu
und habe danach meine Ruh.

Butterzart?

Ein Tester aß im Restaurant
was auf der Speisekarte stand.
Er bestellte Fleisch vom Kalb,
zum Nachtisch Pudding halb und halb.
Das Fleisch pries er als butterzart,
er liebte es in dieser Art.

Doch das ist nur die Vorgeschicht.
Ich verstehe nämlich nicht
butterzart, was soll das heißen?
Fleisch muss man kauen oder beißen.
Im Leben wird das, was wir lieben
oft gewaltig übertrieben.

Das Frühstücksei

Im Eierbecher warm und frisch
steht es am Morgen auf dem Tisch.
Behutsam nimmt der Herr das Ei
und teilt es ganz genau entzwei.

Er überlegt nun hin und her,
welche Hälfte besser wär.
Und kann sich nicht entscheiden,
welche nehmen von den beiden?

Die Zeit verstreicht, das Ei ist kalt,
jetzt greift er zu, macht aber Halt.
Die Abendzeit ist nun heran,
noch immer sitzt der Eiermann.

Doch hat sein Kopf sich sehr verformt
nach einem Frühstücksei genormt.

Der dritte Stern

Es war einmal ein Spitzenkoch,
der hatte schon zwei Sterne.
Den dritten davon wollt er noch
und dachte an die Ferne.

Doch seine Oma war bereit
für einen guten alten Rat.
Sie kochte wie in früher Zeit
ein Fischgericht mit viel Salat.

Er präsentierte es modern
und hatte bald den dritten Stern.

Der Mann im Mond

Es lebte einst auf der Erde
ein Hirte mit der Ziegenherde.
Er schaute abends in den Mond
und überlegte, wer da wohnt.

Und weil dieser gelb und rund
aß er gern Eierkuchen in der Stund.
Am Sonntag früh bemerkte er,
der Brennholzschuppen ist ganz leer.

So ging er sehr schnell in den Wald
und trug ein Reisigbündel bald.
Der Schöpfer aber war ergrimmt,
weil Sonntag er zur Ruh bestimmt.

Er verwünscht ihn auf den Mond,
auf dem der Mann bis heute wohnt.
Sollten wir ihn mal besuchen,
schenken wir ihm Eierkuchen.

Der Teig ist aufgegangen

Der Teig ist aufgegangen,
bald werden Brote prangen
im Laden nebenan.
Der Kunde es genießet
und aus dem Regal fließet
der frische Brotduft dicht heran.

Die beleidigte Leberwurst

Einst hing die Leberwurst im Rauch
wie viele andere Würste auch.
Ihr Nachbar war schön rot und dick.
Sie fand ihn deshalb äußerst schick.
Drum fragte heiß sie bei ihm an,
ich hätte dich so gern zum Mann.

Der Schinken hat sie nicht gewollt.
Da hat die Leberwurst geschmollt.

Die Bratpfanne

Wir brauchen sie in der Küche,
denn sie sorgt für Wohlgerüche.
Wenn man dazu die Speise sieht,
regt sich sehr stark der Appetit.

Nun sagt man ja, in alter Zeit
stand die Frau mit ihr bereit
und versetzte damit gleich
dem Ehemann einen Streich,
wenn er aus der Kneipe kam
besoffen, ohne Geld und lahm.

Ich finde, das ist übertrieben.
Konnte man sich dann noch lieben?
Gibt es wohl in unserer Zeit
auch noch einen solchen Streit?
Ganz bestimmt, doch ohne Pfanne,
dafür Wasser aus der Kanne?

Die Versuchung

Die Versuchung ist so groß,
wie wird man sie am besten los?
Auf keinen Fall sagt der Verstand,
der Herzschlag aber steigt rasant.
Es führt der Weg ganz gerade
zu einer Tafel Schokolade.

Eierkuchen

Mit Freude wird er angerührt.
Alle Sinne sind berührt.
Der Brei nun in die Pfanne muss,
man denkt bereits an den Genuss.

Die Mühe hat sich sehr gelohnt.
Auf dem Teller scheint der Mond.
Gelb und knusprig schön gerollt,
den hab ich schon als Kind gewollt.
Innen drin mit Marmelade.
Gäb‘s ihn nicht, dann wär es schade.

Erdbeeren

Wir lieben diese rote Frucht.
Für manche ist sie eine Sucht.
Genetisch ist das leicht erklärt.
Der Steinzeitmensch hat sie verzehrt.

Die wilde Frucht war damals klein.
Auch Römer sammelten sie ein.
Viel Vitamine, Minerale
konzentriert in einer Schale.

Mit wenig Sahne oder pur
ist sie auch gut für die Figur.
Eine dicke Erdbeertorte
ist Kuchen von der besten Sorte.

Von Anfang Mai bis nach August
genießen wir die süße Lust.
Dann schauen wir, was Herbst vermag,
der uns verwöhnt an jedem Tag.

Keine Erdbeer‘n? – ist nicht schade.
Wir haben ja noch Marmelade.
Wenn wieder die Saison beginnt,
dann freuen wir uns wie ein Kind.

Fliegenfraß

Der Teufel hatte nichts zu essen,
weil den Nachschub er vergessen.
Woher jetzt die Speisen kriegen?
Da bemerkte er die Fliegen,
schlug sie alle mausetot
und fraß sie auf in seiner Not.

Frust und Lust

Das Wetter ist heiß,
ich bin voller Frust,
denn ich hab heute
überhaupt keine Lust.

So sitze ich da,
denk an ein Bier,
schau auf den Tisch,
ist aber keins hier.

Es ist im Kühlschrank
wird mir bewusst,
aber ich hab heute
überhaupt keine Lust.

Bald ist es zwölf,
ich denke ans Essen,
aber ich habe den
Einkauf vergessen.

Vom Hühnchen gebraten
die zarte Brust,
aber ich hab heute
überhaupt keine Lust.

Plötzlich merk ich,
es zieht so im Po.
Es wird höchste Zeit,
ich muss mal zum Klo.

Und hätte ja
so nötig gemusst,
aber ich hab heute
überhaupt keine Lust.

Geht das so weiter,
werd ich noch krank,
doch ich weiß die Rettung,
dem Himmel sei Dank.

Ich hab also heute
überhaupt keine Lust.
Das gilt ebenso
für den lähmenden Frust.

Keine Lust auf den Frust
und frei ist die Brust.
Endlich habe ich
heut wieder Lust.

Fußballfans

Ein Fußballfan von Rot-Weiss Essen
ist auf ein Essen sehr versessen.
Er nimmt den großen Schmorkohltopf
und schmort hier Rot- und Weißkohlkopf.

Bald duftet auf dem Teller heiß
der Fußballkohl in rot und weiß.
Dann schmausen Fans von Rot-Weiss Essen
ihr rot und weißes Schmorkohlessen.

Grillabend

Wenn beim Grillen Grillen singen,
Steaks und Würste gut gelingen,
Gäste gute Laune bringen,
dazu ein laues Lüftchen weht,
dann wird der Abend ziemlich spät.

Honigmaul

Der Imker schwärmt von seiner Frau.
Sie ist sehr tüchtig, hübsch und schlau.
So oft er kann ist er nicht faul
und schmiert ihr Honig um das Maul.

Hülsenfrüchte

Es ist allgemein bekannt,
wer Erbsen zählt, ist ein Pedant.
Mich interessiert die Bohne nicht.
Kein Tausch für ein Linsengericht.
So sind die Hülsenfrüchte auch
für den Geist, nicht nur den Bauch.

Käseblatt

Käse ist sein Leibgericht,
ohne Käse geht es nicht.
Er hat ihn zum Fressen gern,
egal von hier oder von fern.
Im Käsebuch aus dem Regal
blättert er so manches Mal.

Eine Zeitung liest er auch,
das ist so seit Jahren Brauch.
Nun hat er sie abbestellt,
weil sie ihm nicht mehr gefällt.
Warum, so hab ich ihn gefragt.
Es ist ein Käseblatt hat er gesagt.

Kirschen essen

Er war berühmt zu seiner Zeit
der Ritter Conrad weit und breit.
Drei Kirschen leuchteten im Wappen
darunter sah man einen Rappen.

Zur Kirschenreife gab es hier
ein Kirschenfest und ein Turnier.
Dem Verlierer, man glaubt es nicht,
spie Conrad Kerne ins Gesicht.

So ist der Spruch nicht vergessen:
Mit dem ist nicht gut Kirschen essen.

Klage des Roggenbrotes

Auf dem Tisch das Roggenbrot
klagt dem Messer seine Not:
„Meine Butter steht im Schrank.
Ich brauche sie, sonst werd ich krank."

Da sprach das Messer, ich weiß Rat,
strich Butter rauf, und in der Tat,
das Brot genoss die Messerkur.
Von Kummer war nun keine Spur.
Manchmal reicht alleine schon
Das Gefühl der Illusion.

Lange Zähne

Er ist gespannt auf das Gericht.
Schmeckt es oder schmeckt es nicht?
Der erste Biss stoppt sein Kauen.
Nun will er genau hinschauen.
Skeptisch prüft er dies und das,
ist es zu fad, fehlt hier was?
Überflüssig zu erwähnen,
nun isst er mit langen Zähnen.

Lorbeer

Auch heut verleiht der Lorbeerkranz
seinem Träger Ruhmesglanz.
Wir wissen, dass das Lorbeerblatt
eine gute Würze hat.
Es hilft auch unserem Magen
Speise besser zu vertragen.
So vereinen Lorbeerpflanzen
Ruhm und Genuss zu einem Ganzen.

Magerrasen

Ein Bauer pflegt den Magerrasen
und lässt hier viele Kühe grasen.
So hat er am Tag pro Kuh
frische Magermilch im Nu.

Majoran

Er dient seit vielen Jahren hier
in der Bundeswehr als Offizier.
Gerne kocht er selbst das Essen
und wird nie sein Kraut vergessen.
Majoran kommt immer vor.
Kein Wunder, denn er ist Major.

Mus muss

Ich bringe einen schönen Gruß
vom Pflaumen- und vom Apfelmus.
Zum Frühstück gibt‘s gekochtes Ei,
Butterstulle Pflaumenbrei.
Apfelschmaus und Reibekuchen
werd zu Mittag ich versuchen.
Und am Abend, das ist klar
zum Nachtisch beides – wunderbar.

Omas Kaffeekanne

Was soll man der Oma schenken?
Die Enkel wollen es bedenken.
Einer weiß hier guten Rat,
ich bin für`n Kaffeeautomat.
Oma probierte ihn gleich aus –
ein neuer Duft zum Kuchenschmaus.

Die alte Kanne stand im Schrank,
sie war enttäuscht und wurde krank.
Im Traume sprach sie in der Nacht:
„Warum bloß hast du das gemacht?
Ich habe dir so treu gedient
und diese Strafe nicht verdient.“

Als die Oma aufgewacht,
hat sie darüber nachgedacht.
Maschinenkaffee gießt sie jetzt
in die Kanne ganz zuletzt
und wie immer eingegossen.
Der Kanne Frust war weggeflossen.

Petersilie

Wurzel, Blätter und auch Stiele
nimmt er von der Petersilie,
Kräftig würzt sie, ist gesund
als Medizin aus gutem Grund.

Er ist ein Fan von diesem Kraut
und hat es vielfach angebaut.
Ja, er will sogar versuchen
einen Petersilienkuchen.

An einem Julisommertag
regnete es mit Hagelschlag.
Sein Gesicht schien wie vernagelt,
die Petersilie war verhagelt.

Petri Heil!

Ein Fischkoch wollte ein Gericht,
doch hatte er den Zielfisch nicht.
Er fing ihn selbst mit viel Geschick
und kehrte mit `nem Schlei zurück.

Ein toller Fisch, ein guter Koch.
Das gibt es heute wirklich noch.
Petri Heil! für diesen Mann,
dem man gratulieren kann.

Quark und Quatsch

Den Quark als Speise jeder kennt,
doch ist sein Ruf ambivalent.
Einerseits macht uns der Quark
mit Leinöl und Kartoffeln stark.

Andererseits wird er bemüht,
wenn sehr stark der Blödsinn blüht.
Das ist doch Quatsch, macht keinen Sinn.
Wir reden das einfach so hin.

Reste

Reste gibt es oft im Leben.
Lohnenswert, sie aufzuheben.
Bei Essenresten unbedingt,
wenn das Hauptmenü gelingt.
Man spart Zeit und Energie
und hat zudem ein Deja-Vu.

Salat

Des Künstlers Lieblingsrestaurant
ist überall durch ihn bekannt.
Er isst sehr gerne Meeresfisch,
dazu Salat recht viel und frisch.

Der Ober bringt den Nachtisch rein,
da fällt er hin, bricht sich ein Bein
und hat noch diesen Spruch parat:
„Da haben wir jetzt den Salat!“

Teufels Küche

Ein Sternekoch kam in den Himmel,
verirrte sich in dem Gewimmel.
So suchte er, an welchem Orte
finde ich die Petruspforte.

Da schnupperte er Wohlgerüche
und kam so in des Teufels Küche.
Sein Irrtum hat ihn nicht gestört,
weil in die Küche er gehört.

Ich frage mich, ist er geblieben?
Das könnt Ihr raten, meine Lieben.

Tomatenkritik

Die meisten Menschen lieben mich,
und trotzdem kritisiere ich,
weil in Sprüchen sie verkünden,
dass Unsinn sie mit uns begründen.

Wir sollen treulos sein und taugen
als Bedeckung für die Augen.
Das find ich wirklich sehr gemein
und bitte euch, lasst das doch sein.

Treulose Tomate?

Tomate war sein Leibgericht.
Ohne diese aß er nicht.
Ja, er hatte eine Sucht
nach der runden roten Frucht.
Weil dies allgemein bekannt,
wurd Tomate er genannt.

Gerne hat er was versprochen,
treulos doch sein Wort gebrochen.
Dies hängt man der Tomate an,
die dafür rein gar nichts kann.

Wurstegal

Sie lag vor ihm mit zarter Haut,
verführerisch und gut gebaut.
Trotzdem verzog er sein Gesicht.
Eine Wurst, die ess ich nicht.

Ich als Veganer schäme mich,
wenn Tiere leiden fürchterlich.
Darum sag ich jedes Mal:
Mir ist Fleisch doch wurstegal.

Zwei Glocken

Die erste klingt am Hals der Kuh.
Wir denken uns die Milch dazu.
Daraus wird Käse hergestellt.
Den kaufen wir für wenig Geld.
Der Duft des Käses ist speziell.
Hier hilft die zweite Glocke schnell.
So konstatieren wir zum Schluss:
Die erste kann, die zweite muss.

Mitte-Wort

Erfreut, akzeptiert oder gar enttäuscht? Na ja, eine Hälfte kommt ja noch.

Gemischtes

Abschied

Abschied ist ein Wehmutswort.
Ihr bleibt hier, wir gehen fort.
Dafür sind wir jetzt bereit,
denn alles hat ja seine Zeit.
Die nutzen wir auch künftig gut.
Wir gehn mit Weh- und frischem Mut.

Am Wasser gebaut

Er ist ein Mann stark wie ein Baum
und sicher vieler Frauen Traum.
Auch sensibel ohne Frage.
Tränen kullern manche Tage.
Das aber wundert mich nicht sehr.
Sein neues Haus steht dicht am Meer.

Anfang und Ende

Es gibt im Leben manche Wende,
oft folgt danach das dicke Ende.
Nun müsst es logisch auch im Leben
einen dünnen Anfang geben.
Der wurde bisher nicht entdeckt.
Vielleicht hat er sich nur versteckt.

Berliner Bockwurst

Eine Berliner Bockwurst
mit fester Haut
wasserdicht gebaut
wollte ein Hamburger werden.
Sie sagte ade
und sprang in die Spree.
Das sahen die Möwen
und eins, zwei drei
war‘s mit der Bockwurst vorbei.

Besenfraß

Zwei Freunde sitzen auf der Bank.
Der eine dick, der andre schlank.
Der Dicke sagt, „ich bin bereit
und werde dünn in kurzer Zeit.“

Der Schlanke spricht, „das glaub ich nicht,
denn viel zu groß ist dein Gewicht.
Bist du bald ein dünnes Wesen,
ja, dann fress ich einen Besen.“

Die Zeit vergeht zwölf Wochen lang,
da sitzen beide auf der Bank.
Einer ist ein dünnes Wesen,
der andre zeigt den neuen Besen.

Besenstiel

Es war einmal ein Besenstiel,
dem war der Besen viel zu viel.
Drum schraubte er sich eins, zwei drei
vom ungeliebten Besen frei.
Da stand er nun in seinem Stolz
und war jetzt nur noch ein Stück Holz.

Binsen und Kohl

Die Binse ist so weit verbreitet,
dass sie uns zum Vergleich verleitet.
Ist eine Wahrheit allbekannt,
wird Binsenwahrheit sie genannt.

Die Binsenweisheit endet kläglich,
wenn sie normal ist und alltäglich.
So kommt der Kluge zum Entschluss,
dass er die Binsen meiden muss.

Hier weit verbreitet ist auch Kohl.
Ihn nennt man, sind Gedanken hohl.
Doch der ist schmackhaft und gesund.
Drum gibt‘s zum Meiden keinen Grund.

Blauäugig

Ein junger Mann hat nachgedacht,
was er mit seinem Gelde macht.
Eine Aktie wäre gut,
doch dafür fehlte ihm der Mut.

Er las und informierte sich,
wo ist ein Angebot für mich.
Da fand er dort auf einem Mal
fünfhundertfaches Potential.

Die Aktie würde explodieren,
es lohne sich, zu finanzieren.
Der gute Tipp ging in die Hose,
die Aktie fiel ins Bodenlose.

Der Mann hat leider blaue Augen,
die nicht für Geschäfte taugen.

Bodenlos?

Die Sauerei ist bodenlos.
Wer erfand den Unsinn bloß?
Der Boden ist ja nicht mehr drin.
Wo soll die Sauerei denn hin?
Sie kann nur landen auf den Mist,
weil eine Sauerei sie ist.

Coronapapier April 2020

Es klingeln die Kassen.
Dort stehen die Massen.
Sie drängeln und laufen.
Was gibt es zu kaufen?
Ich sage es dir:
Toilettenpapier.

Coronapier Mai 2020

Kein Klingeln der Kassen.
Es stehn keine Massen.
Sie müssen Abstand halten
die Jungen und Alten.
Mit Maske im Gesicht
erkennt man sie nicht.

Und wo sind die Massen,
wenn nicht an den Kassen?
Ich sage es dir:
Nicht beim Toilettenpapier.

Das dumme Schlüsselloch

Es war einmal ein Loch
mit einem Schloss herum.
Oh, war das dumm.
Es wollte keinen Schlüssel.
Drum brauchte es auch keiner,
da wurd es klein und immer kleiner.
Schließlich war es so verstaubt,
dass es der Schlosser abgeschraubt.

Das fünfte Rad

Er sei das fünfte Rad am Wagen,
so hört ich neulich jemand sagen.
Man brauche ihn nun wohl nicht mehr
und das belaste ihn schon sehr.
Was wäre, wenn auch nur ein Rad
zerbricht und man kein Fünftes hat?

Was wären wir in unserem Leben
würd es Reserven nicht mehr geben?
Jeden Tag lehrt die Natur
Fortschritt geht mit diesen nur.
Darum möchte ich euch sagen,
wir brauchen dieses Rad am Wagen.

Das Orakel

Ein Lottospieler pflegt zu Haus
als sein Orakel eine Maus.
Er hält ihr einen Faden hin,
prüft damit den Mausesinn.
Er nennt die Zahlen kurz und knapp
und schaut, beißt sie den Faden ab?
Lässt sie ihn ganz, dann nimmt er sie
und hofft, sie ist sein Glücksgenie.

Das Trio

Im Kopf erdacht,
mit der Hand gemacht.
So hat der ganze Lebensschatz
in beiden Händen einen Platz.
Die Füße sind ein Korrektiv,
geht mal irgendetwas schief.
Gelingt es nicht, was klappen muss,
dann hat das weder Hand noch Fuß.

Der Denkzettel

Es schrieb einmal ein Philosoph,
Berater an des Königs Hof,
auf einen Zettel was er dachte,
womit er unbeliebt sich machte,
weil es ein jeder übelnahm,
wenn er nur das Papier bekam.

Wie man weiß, liebte der Adel
überhaupt nicht Weiser Tadel.

Der Findling

Ein Findling ward vom Blitz getroffen.
Das machte ihn total besoffen.
Drum schrie er „Oh, das war so fein,
das ging mir ja durch Mark und Stein."

Der Fingerhut

Nützlich ist ein Fingerhut,
denn er schützt die Finger gut.
Egal, ob jung, egal ob alt,
immer gleich ist die Gestalt.

Die Queen hat Hüte ohne Ende,
Aussehen und Anzahl sind Legende.
Hat sie auch so viel Fingerhüte?
Dumme Frage, meine Güte!

Der Fußballschuh

Ein Fußballspieler war entsetzt,
er hatte sich am Knie verletzt
und ahnte gleich mit Angst und Bang,
die Heilung dauert wochenlang.

Die Reha hat er absolviert,
eisern mehr und mehr trainiert.
Der Trainer holte ihn zurück
und er genoss sein neues Glück.

„Ich bin“, sprach er im Interview,
„so fit wie hier mein Fußballschuh.“

Der Gedanke

Wer rast schneller als das Licht?
Du denkst jetzt, das gibt es nicht?
Noch schneller der Gedanke fliegt.
Niemand hat ihn je besiegt.

Der Geigenbogen

Ein Geigenbogen war stocksauer.
Die Geige hing beim Geigenbauer.
Er lag im Kasten ganz allein
und wollte nicht so einsam sein,
bog sich darum sehr vor Kummer,
wurde deshalb immer krummer.
Der Geiger aber staunte nur
über dessen Krummfigur.

Der Geigenbauer wusste Rat
und schritt entschlossen gleich zur Tat.
Des Bogens Geige ganz allein
kann ihn erlösen von der Pein.
Er legte beide in den Schrank.
Der Bogen wurde wieder schlank.

Der Handfeger

Ein Handfeger wollte Besen sein.
Seinen Stiel fand er zu klein.
Dann lernte er die Schaufel kennen
und konnte sich nicht von ihr trennen.

Auch sie fand ihn sehr adrett.
Sie säubern seither im Duett.
Er trifft den Besen ab und zu
und lässt zufrieden ihn in Ruh.

Der Horizont

In der Schule haben wir gelernt,
der Horizont ist weit entfernt.
Doch bei manchen Zeitgenossen
ist dieser eng im Kopf verschlossen.

Der Hut

Er sagt zu ihm mit leichter Wut:
„Steck dir das Ding an deinen Hut,
denn dieses ist mir ganz egal.
Ich brauch es nicht verdammt noch Mal!"

„Nun", meint jener, „schön und gut,
ich habe aber keinen Hut.
Ich weiß nicht mit dem Ding wohin.
Was du willst, macht keinen Sinn."

Die Antwort lautet: „Meine Güte,
du kriegst von mir zwei alte Hüte.
Jetzt hast du viel Platz für Rares.
Vielleicht zahlt jemand dafür Bares."

Der Mann im Mond

Wer kennt wohl nicht den Mann im Mond,
der ewig schon da oben wohnt?
Wieso ist das nicht eine Frau?
Wer weiß denn das so ganz genau?
Drum schlag ich vor, wir nehmen an,
es heißt nun Frau und nicht mehr Mann.

Der Meilenstein

Am Rand des Feldes ganz allein
stand ein alter Meilenstein.
Der Bauer aß hier Pausenbrot,
weil er einen Sitzplatz bot.
Am Abend machte er sich schlau
und sah die nächste Tagesschau.

Ein Mediziner sehr gelehrt
wurde grade höchst geehrt.
Es wird ein neuer Impfstoff sein
und damit ein Meilenstein.
Da hat der Bauer still gelacht,
weil er an seinen Stein gedacht.

Der Poeler Leuchtturm

zum 150. Geburtstag am 1. Oktober 2022

Der Poeler Leuchtturm alles sieht,
was rings um ihn herum geschieht.
Er zeigt die Wismarbucht uns an,
wo man die Einfahrt finden kann.

Ob Hafen, Campingplatz, ob Strand,
das alles ist ihm wohlbekannt
und neu zugleich an jedem Tag,
weshalb er diesen Standort mag.

Der Campingplatz nach ihm benannt
trägt seinen Namen weit ins Land.
Schon viele Camper kamen her
und es werden immer mehr.

Ein Gruß von ihm mit rotem Hut
tut allen neuen Gästen gut.
Er wird ja Hundertfünfzig nun
und hat noch immer viel zu tun.

Er denkt an die Vergangenheit
und freut sich auf die neue Zeit.
Er wünscht uns „kiek eins wedder in!"
Ahoi mach's gut in diesem Sinn.

Der Rülpser

Ein Rülpser floh aus einem Mund,
tat laut damit allen kund,
ich gehe auf die große Reise
mit dem Duft verzehrter Speise.
Wohin jedoch kann ich mich wenden,
wo wird meine Reise enden?

Er flog erst auf den Flur hinaus
und verließ danach das Haus.
Nur der Hund hat ihn gerochen
und danach sich gleich verkrochen.
Dann kam der Wind und nahm ihn fort
an einen unbekannten Ort.

Der saure Apfel

In seinem Auto fuhr er schnell,
rechts blitzte es sehr kurz und grell.
Das Bußgeld war wahrhaftig
ziemlich hoch und daher saftig.
Er verstand, das musste sein,
biss in den sauren Apfel rein.

Der Schatten

Über seinen Schatten springen
kann weder Mensch noch Tier gelingen.
Doch der Mensch ist so gebaut,
dass seiner Klugheit er vertraut.
Er versucht es stets erneut
und hat es noch nie bereut.
So bringt auch die Unmöglichkeit
uns neues Wissen mit der Zeit.

Der Schneekragen

Wie das Wetter wird weiß ich nicht,
also schau ich den Bericht
und hör den Experten sagen,
dem Schnee geht's heute an den Kragen.
Vergeblich suche ich im Schnee,
weil ich keinen Kragen seh.
Ich habe ihn auch nicht gefunden.
Er hat wohl einen Schlips gebunden.

Der Stich

Masken tragen Groß und Klein.
Leider, leider muss das sein.
Doch es hilft hier nicht das Schimpfen.
Zuerst müssen wir zum Impfen.

Er hat den Termin bekommen
und ihn dankbar angenommen.
Nach dem Pikser freut er sich:
Nun hab ich endlich einen Stich.

Der Schuh

Ich sah es deutlich im Gesicht.
Irgendetwas stimmte nicht
und fragte sie, wo drückt der Schuh,
warum hast du keine Ruh?
Da sagte sie, mein rechter Zeh
tut im Schuh so mächtig weh.

Der Streit

Die Lüge und die Ehrlichkeit
stritten sich schon lange Zeit.
Wer ist am meisten anerkannt
bei Groß und Klein im ganzen Land.

Sie riefen ein Orakel an,
was dieses dazu sagen kann.
Es dauerte geraume Zeit,
ehe es zum Spruch bereit:

„Jede mehr und jede minder,
Ihr seid alle Schöpfers Kinder.“

Der Tellerrand

Jeder Mensch hat seinen Verstand.
Jeder Teller hat einen Rand.
Schaut der Mensch weit über diesen,
wird als Schlaukopf er gepriesen.
Bleibt sein Blick am Tellerrand,
wird er Dummkopf oft genannt.
Der Teller dient nicht nur zur Speise,
auch zum Vergleich von dumm und weise.

Der Trödelmarkt

Zu Trödelmärkten geht er gern,
egal, ob nahe oder fern,
hat hier einfach großen Spaß,
kauft mal dies und kauft mal das.

Ein Schnäppchen soll es möglichst sein,
zu teuer kauft er auch nicht ein.
Hier faszinierte ihn ein Krug,
er schien sehr alt, etwa Betrug?

Seine Freude war begrenzt.
Es ist nicht alles Gold, was glänzt.
Dem Händler ist das ganz egal.
Der Krug steht weiter im Regal.

Der umgedrehte Spieß

Im Rittersaal da steht ein Spieß.
Man weiß auch, wie der Ritter hieß,
der ihn damals hier her brachte.
Es war Kunibert der Achte.

Da lebte einst ein Bösewicht,
der gönnt ihm Kunigunde nicht
und griff mit einem Spieß ihn an.
Doch Kunibert der Rittersmann
riss den Spieß ihm aus der Hand,
drehte ihn um zu dessen Schand.

Schnell endete so das Gefecht.
Dem Bösewicht ging es sehr schlecht.
Seither steht nun im Rittersaal
der Umdrehspieß als Siegesmal.

Der Volleyball

War einmal ein Volleyball,
flog durch starken Schlag ins All.
Volleyball entschwand dem Blick,
kehrte nicht zum Strand zurück.
Kreisest nun von Sportlers Hand
um die Erde als Trabant.

Der Zufall

Ein Apfel fiel vom Ast herunter
und machte Newton äußerst munter.
Er lag unter diesem Baum
und träumte seinen Lebenstraum
berühmt zu sein, wenn er es schafft,
zu verstehn die Schwerekraft.
Bis heute ist er anerkannt
als Genie und Geistgigant.

Wer aber stieß den Apfel an,
dass er herunterfallen kann?
Mir fällt nur eine Antwort ein.
Das konnte nur der Zufall sein.

Man sieht und spürt und hört ihn nicht,
doch riesengroß ist sein Gewicht,
wenn unerwartet er sich rührt
und zu Geistesblitzen führt.

Will der Mensch Natur bezwingen,
hilft der Zufall beim Gelingen,
bleibt aber ein Abstraktum nur
in der unendlichen Natur.

Der Zweifel

Er ist des Geistes Sonnenlicht,
der seine Grenzen selbst durchbricht,
indem er mutig Abschied nimmt
von dem, wovon man glaubt, es stimmt.

Er befähigt, neu zu denken,
Ideen zur Zukunft hinzulenken.
Der Glaube an des Zweifels Kraft
Schritt für Schritt den Fortschritt schafft.

Deutschland einig Vaterland!

Krimis da, Krimis dort!
In jedem Sender einen Mord.
Tatort, Soko, und so weiter,
rauf auf die Karriereleiter.
Deutschland einig Krimiland!
Bist du wirklich bei Verstand?

Meckern da, meckern dort,
Impfen ja und Impfen fort.
Alle Medien sind dabei,
freuen sich auf ein faules Ei.
Deutschland einig Meckerland!
Bist du wirklich bei Verstand?

Die Bluse

Sie hatte eine Bluse an
mit riesengroßen Karos dran.
Freudig fuhr sie an den Strand
und freute sich auf Sonnensand.

Sie fand alles hübsch und fein,
ein Foto sollte es noch sein
mit der Bluse und dem Hut.
Zu Hause dann bekam sie Wut.

Sie fand sich darauf gar nicht schick.
Die Bluse machte sie zu dick.
Und noch in ihrem ersten Schreck
warf sie ihre Bluse weg.

Mit einer anderen aus dem Schrank
fühlte sie sich wieder schlank.

Die Flinte

Ein Fußballspieler hat vor Wochen
sich das rechte Bein gebrochen.
Es war Pech, nicht seine Schuld.
Zur Heilung braucht er viel Geduld.

Er wirft die Flinte nicht ins Korn
und trainiert jetzt ganz von vorn.
Doch Moment, mir fällt da ein,
er hatte keinen Waffenschein.eilung braucht er viel Ge-
duldH

Die hohe Kante

Viel Geld gewann sie mit dem Los,
die Freude ist jetzt riesengroß.
Schon vorher hat sie nachgedacht,
was sie mit dem Gelde macht.
Die höchste Kante hat ihr Schrank.
Da liegt es sicher Gott sei Dank.

Die kleine Parkbank

Im Park stand eine kleine Bank,
die ärgerte sich stundenlang,
weil sich niemand auf sie setzt.
Sie war in ihrem Stolz verletzt.

Da kam ein Mann groß wie ein Schrank.
Er blieb hier sitzen, stundenlang.
Da knarrte sie und quietschte sehr
und wünschte, sie wär wieder leer.
Der Mann stand auf, sie war allein.
Bald fiel der alte Wunsch ihr ein.

Im Park stand eine kleine Bank.

Die lange Bank

Im Büro steht eine Bank.
Sie ist glatt und ziemlich lang.
Hinten stapelt sich Papier.
Die Frage ist, was soll das hier?
Es wurde auf Befehl von oben
auf die lange Bank geschoben.

Die Nadelsuche

Die Naht in seiner Lederhose
war schon sehr bedenklich lose.
Ich näh sie neu, so sagt der Mann
und holt sogleich die Hose ran.

Eine Nadel stark und schlank,
dazu den Faden nicht zu lang.
Und noch einen Fingerhut,
der schützt ja den Finger gut.

Er ist bereit, gleich geht es los,
da fällt die Nadel auf den Schoß.
Beim Suchen fällt sie weiter runter.
Jetzt wird der Mann so richtig munter.

Er findet seine Nadel nicht.
Zu dunkel ist das Zimmerlicht.
Die Frau schraubt neue Birnen ein.
Verdoppelt ist der Lampen Schein.

Die Taschenlampe holt er auch
und sucht sie kriechend auf dem Bauch.
Doch die Nadel bleibt verschwunden.
Es sucht jetzt schon zwei volle Stunden.

Da sagt der Mann, „ich weiß, wie's geht.
Im Werkzeugschrank ist ein Magnet.
Ich fang damit zu tasten an
Vielleicht springt hier die Nadel ran."

Doch die Idee hat keinen Zweck,
Jetzt rückt der Mann das Sofa weg,
sieht Enkel-Spielzug allerlei.
Doch ist die Nadel nicht dabei.

Die Frau liegt lange schon im Bett.
Sie hat genug vom Suchballett.
Inzwischen ist die Nacht gekommen.
Dem Mann ist heiß, er ist benommen.

Drum stolpert er, rutscht auch noch aus,
ein Glas fällt aus der Brille raus,
und spürt `nen Stich in seiner Hand,
Ja, dieser Schmerz ist ihm bekannt.

So ruft er dennoch laut „Hurra!
Die Nadel ist jetzt wieder da."

Die Prüfung

Er hat nur an sie gedacht,
den ganzen Tag, die ganze Nacht,
hat sogar Speis und Trank vergessen,
so war er von ihr besessen.
Am nächsten Tag ging er zu ihr,
bekam als Prüfling eine Vier.

Die Reifenpanne

Der Tag war heiß und auch sehr trocken.
Da machte er sich auf die Socken
und fuhr mit seinem Auto los.
Die Badelust war riesengroß.

Da gab es einen Zwischenfall.
Der Reifen platzte mit ‘nem Knall.
Er fuhr gleich an den Bordstein ran
und rief dann seinen Vater an.

Der sprach zu ihm, „ich werde gehen.
Ich lass dich nicht im Regen stehen.“

Die Rezension

Der alte Künstler schuf sein Werk,
ein Torso thront auf einem Berg.
Die Kritik ist sehr gespalten.
Nein die Jungen, ja die Alten.

Wenig Stunden später schon
steht im Netz die „Rezension“:
„An den Künstler schönen Gruß.
Sein Werk hat weder Hand noch Fuß.“

Die Stöckelschuhe

Im Schaufenster die Stöckelschuhe
raubten ihr am Tag die Ruhe.
Die muss ich haben, egal, was kommt.
Und sie kaufte sie auch prompt.

Zur Geburtstagsfeier dann
zog sie die neuen Schuhe an.
Sie holte sich ein Gläschen Sekt
und stolperte damit perfekt.

Die Freunde hatten schon parat
den Spruch vom Storche im Salat.

Drei Generationen

Ich bin die Vergangenheit
und blick zurück in alte Zeit.
Mein Kind ist die Gegenwart.
Sie hat gerade ihren Start.
Die Zukunft, unser Enkelkind,
wird nicht so sein, wie wir heut sind.

Eine Mutter

Es war eine Mutter,
die hatte vier Schrauben.
Eine war locker,
ich konnt es nicht glauben.

Entscheidungsnot

Zwei Stühle hatte er im Blick,
denn beide waren wirklich schick.
Doch er konnt sich nicht entscheiden,
welchen nehme ich von beiden.
Nach dem Kampf mit den Gefühlen
saß er zwischen beiden Stühlen.

Fake News

In einer Zeitungsredaktion
klingelte das Telefon.
Ein Bürger sprach am Apparat
von einer kriminellen Tat.

Am nächsten Tag konnt jeder lesen,
wer der Bösewicht gewesen.
Doch wurde sehr schnell offenbar,
dass alles eine Lüge war.

Die Redaktion gab klein bekannt:
Die Ente war der Informant.

Finanzen

Es passiert im Großen und im Ganzen
in der Welt nichts ohne die Finanzen.
Was man auch plant, wie man es hält,
am meisten geht's ums liebe Geld.

Wie wär's, wenn man nur einmal denkt,
dass Geld nicht unser Leben lenkt?
Das brächte Freiheit wie noch nie.
Doch leider ist das Phantasie.

Flötentöne

Sie hat gleich in der Hochzeitsnacht
ihm Flötentöne beigebracht.
Das ist schon viele Jahre her.
Die Flöte braucht sie jetzt nicht mehr.

Freundschaft

Als Kind schon haben wir gespielt,
ein Beet gepflegt, im Dreck gesielt,
von einer Stulle abgebissen,
den Jungs mal fast ein Hemd zerrissen,
die Schularbeiten ausgetauscht,
den Eltern manches abgelauscht.
Und immer war uns eines klar:

Egal, wie es steht, egal, wie es fällt,
Du bleibst die Beste auf der Welt.

Für Oma zum 77. Geburtstag

Hast viel gewebt am Tuch des Lebens
webst immer noch und nicht vergebens
webst so viele Jahre schon
für Tochter, Enkelkind und Sohn
und noch für viele uns Bekannte
und auch für viele Ungenannte.

Hast Schatten reingewebt und Licht,
denn warst verschont von beiden nicht.
Den Regen webtest du, die Sonne,
Kinder, Freude, Leid und Wonne.
Hast viel gesonnen und gedacht,
über manch derben Scherz gelacht.

Nun ist das Tuch ganz groß und warm,
an Farben überhaupt nicht arm.
Doch unbestreitbar sticht hervor
die goldene Farbe - dein Humor,
den immer du hineingewebt,
der dich und uns bis heut belebt.

Gärtnerlist

Wenn zwei sich streiten, ist das schlecht.
Ein Dritter freut sich, wer hat Recht?
Der Gärtner greift zu einer List.
Er zeigt, was eine Harke ist.
Er nimmt nicht Spaten oder Schere.
Solche Mahnung geht ins Leere.

Geduld und Spucke

Ein Nadelöhr ist ja sehr klein.
Der Faden geht so schwer hinein.
Da hilft dann erstens die Geduld,
denn Ungeduld ist oftmals schuld.
Die Spucke steift das Garn sodann,
dass man durchs Öhr es stecken kann.

Geduld und Spucke brauchen wir
in unserm Leben nicht nur hier.

Goethes Büroerben

Über allen Fluren
ist Ruh',
in allen Zimmern
spürest du
kaum einen Hauch.
Die Akten ruhen auf Halde.
Warte nur, balde
ruhest du auch.

Grippezeit

Im Frühjahr war die Grippezeit,
die Viren streuten weit und breit.
Da saß ein Mann im Wartezimmer
und sein Husten wurde schlimmer.

Er achtete die Nachbarn nicht
und prustete in ihr Gesicht.
Die Schwester schickte ihn hinaus.
Der Huster machte sich nichts draus.

Da kam der Arzt und sagte nur:
„So geht das nicht auf diese Tour.
Der Patient hat einen Schnupfen.
Ich muss mit ihm ein Hühnchen rupfen."

Grün gegen grün

Es sprachen einst in einem Saal
zwei Grüne über ihre Wahl
zum nächsten Landesparlament,
vorgesehen zum Jahresend.

Die Argumente glichen sich,
doch stritten beide fürchterlich.
Die Bürger waren interessiert
und haben sich auch amüsiert.

Alle sahen, diese beiden
konnten sich partout nicht leiden.
Es half kein redliches Bemühn,
sie waren sich nun mal nicht grün.

Handysucht

Die Arbeit treibt ihn in die Flucht,
er leidet an der Handysucht,
spielt wild damit bis in die Nacht,
hat so die ganze Zeit verbracht.
Neulich hörte ich ihn sagen,
ich hab die Zeit totgeschlagen.

Da war mir sofort angst und bang.
Wer so sich rühmt ist wirklich krank.
Und in der Tat nach vier Wochen
war leider sein Gehirn zerbrochen.

Happy End

Er hat den Vertrag geschlossen
und den Erfolg sehr genossen.
Jetzt holt er flink, Gott sei Dank,
trockene Tücher aus dem Schrank.
Darin liegt nun das Dokument
mit Unterschrift als Happy End.

Kalte Füße

Er will in Aktien investieren
und an der Börse spekulieren.
Als er jedoch die Kurse sieht,
ist ihm klar, was da geschieht.
Da bekomm ich kalte Füße.
An die Börse warme Grüße.

Kirche im Dorf

In einem Dorfe stand, oh Schreck,
die Kirche nicht am selben Fleck.
Wo ist das Gotteshaus geblieben,
wer hat hier maßlos übertrieben?

Der Pfarrer sah bei sich die Schuld,
ihm riss der Faden der Geduld.
Als er schimpfte gegen Saufen, Prassen,
hat er die Kirche nicht im Dorf gelassen.

Kleiderstreit

In einem großen Kleiderschrank
hingen Kleider kurz und lang.
Sie hingen locker dort und lose.
Es war noch Platz für eine Hose.

Als die nun kam gab‘s ein Geschrei.
Das blaue Kleid rief laut dabei:
„Wir sind gleich in Stil und Form.
Die Hose ist nicht unsre Norm.

Wir sind alle echte Kleider.
Die Hose schuf ein andrer Schneider.
Davon werden wir noch krank.
Sie muss raus aus diesem Schrank.“

Das rote Kleid sprach nun empört,
„habe ich jetzt recht gehört?
Man braucht ja nur hinzuschauen,
Hosen tragen auch die Frauen.“

Klosterfrau

Kann ich nicht schlafen, ist mir flau,
denk ich meine Klosterfrau,
schenke mir ein Gläschen ein,
leicht verdünnt, so muss es sein.

Der Kräutertrank schmeckt schüttelich.
Hoffentlich beruhigt er mich.
Sollte alles gut gelingen,
dank ich Hildegard von Bingen.

Krankenbesuch

Die Wangen rot,
der Blick ganz klar,
Dein Lächeln keck wie immer.
So sah ich Dich
da auf dem Bett
in Deinem Krankenzimmer.

Wie war ich froh,
Dich so zu sehn.
Die Freude tanzte Reigen.
Ich wollt, ich könnt
sogleich zu Dir
ins warme Bette steigen.

Doch auch der Kuss,
den Du mir gabst,
tat mich sehr schnell versöhnen.
Ich spür ihn noch,
und zwar so lang,
bis wir uns ganz verwöhnen.

Kunst und Klempner

Ein Klempner muss auch Dichter sein,
denn Wasser fließt heraus, herein.
Der Dichter ist zugleich ein Schmied.
Er schmiedet Verse für ein Lied.

Vom Schmiedehammer Töne klingen,
die kann ein Komponist besingen.
Des Dichters Werk holt er herbei.
Das Lied erklingt im Monat Mai.

Mit seiner Stimme als Tenor
singt der Klempner mit im Chor.
Das Publikum dankt mit Applaus.
Der Klempner geht beglückt nach Haus.

Nun muss er wieder Dichter sein,
denn Wasser fließt heraus, herein.

Kurzeweile

Ich bin die Kurzeweile
und lieb des Menschen Eile.
Ich dränge ihn nach da und dort,
er bleibt nicht lang am selben Ort.
Es geht rauf und wieder runter.

Dann bleibt sein Geist frisch und munter.
So bin ich abends sehr geschafft
und habe manchmal keine Kraft.
Dann ruhe ich von meiner Eile
und wünsche mir die Langeweile.

Langeweile

Ich bin die Langeweile
und hass des Menschen Eile.
Ich raube ihm die Leidenschaft
und dämpfe seine Geisteskraft.
Wo ich bin plagt ihn der Frust.
Antriebslos fehlt ihm die Lust.

Die Mühen dafür lohnen sich
und ich freu mich fürchterlich.
Darum muss ich mich bewegen,
meine Kräfte tüchtig regen.
Ich bin also stets in Eile,
kenne keine Langeweile.

Ladenhüter

Wer bewacht die Ladengüter?
Es ist der alte Ladenhüter.
Solange man ihn sehen kann,
geht keiner an die Güter ran.

Lampenfieber

Ohne Licht kann man nicht leben.
Deshalb muss es Lampen geben.
Doch zu viel Licht ist ungesund.
Darum tue ich euch kund:

Schüttelt Stress Haupt und Glieder
nennen wir das Lampenfieber.
Es macht zu jeder Jahreszeit
sich auf dem ganzen Erdball breit.

Das Virus hat sich wohl versteckt,
denn es ist noch nicht entdeckt.
Es liebt zu helle Lampen nicht.
Darum seid sparsam mit dem Licht.

Leere Lehre

Täglich mehrt der Mensch sein Wissen
und ordnet es als Lehre.
Doch manchmal ist dieselbe hohl
und lebt nun fort als Leere!

Liebestöter

Als sie und er im Grase lagen,
knurrte ihr ganz laut der Magen.
Das war für sie ein großer Schreck,
der Liebesrausch war völlig weg.
Und die Moral von der Geschicht:
Vergiss ein Häppchen vorher nicht.

Luftballon und Fahrradschlauch

Ein Luftballon, ein bunter
flog hoch hinaus und wieder runter.
Das sah ein alter Fahrradschlauch
und rief sofort das will ich auch.
Er pustete sich rund und runder
bist er platzte – war kein Wunder.

„Das hast du nun davon,“
sprach zu ihm der Luftballon.

Mutmaßlich

„Ein Hund lief in die Küche
und stahl dem Koch ein Ei."
Wer kennt nicht diesen Küchenreim
und die Verse hinterdrein.
Der Täter stahl mit Mut und Maß.
Mutmaßlich wie man danach las.
Vielleicht war ja der Hund ein Mops
und das Ei sogar ein Klops.

Traurig endet die Geschicht.
Ein Jurist war der Dichter nicht.
Und der Koch, ob der wohl saß?
Er schlug tot mit Mut und Maß.

Ein Gericht hat nun erklärt,
diese Tat ist längst verjährt.

Mutter Vorsicht

Die Vorsicht als Mutter hat mehr als ein Kind.
Ob diese alle Porzellankisten sind?
Der Vater ist allerdings nicht bekannt.
Vielleicht ist es sogar der Elefant?

Noten

Geldschein, Zeugnis Partitur
unterscheiden sich nicht nur,
denn Noten brauchen alle drei,
wie genau ist einerlei.
So kann man völlig anders sein
und hat trotzdem viel gemein.

Palmenstreit

Ein Ehepaar sitzt auf der Bank
und streitet sich hier stundenlang.
„Du bringst noch auf die Palme mich“,
wirft sie ihm vor, „ganz fürchterlich.“
Die Palme ist ihm viel zu weit.
Deshalb beendet er den Streit.

Patientendank

Großer Knochen, kleiner Knochen?
Sind sie etwa angebrochen?
Fährt der Patient zum Orthopäden,
um zu beheben alle Schäden.

Der Doktor tut nun den Befund
durch Diktat der Schwester kund.
Schon modellieren Künstlerhände
des kranken Beines Gipsschutzwände

Nach drei Wochen wunderschön
gibt's ein frohes Wiedersehn.
Die Schwester würgt den Gips jetzt ab.
Sie und der Patient sind schlapp.

Patient ist froh, heil sind die Knochen.
Nun sind vergangen viele Wochen.
Patient schleppt großen Kleiderschrank.
Den Medizinern großer Dank!

Qualwahl

Es kam ein Mensch von irgendwo,
der musste dringend auf ein Klo.
Frau oder Mann – zwischen beiden
konnte er sich nicht entscheiden.
Riesengroß im Bauch der Druck,
da gab er selbst sich einen Ruck,
beendete schnell seine Qual.
Die Folgen waren ihm egal.

Rote Nelken

Die rote Nelke ist Symbol
für des Proletariers Wohl.
Man trug sie gern am 1. Mai,
doch diese Zeiten sind vorbei.
Wer schreitet heut noch Seit an Seit?
Mit wem zieht heut die neue Zeit?
Wer singt noch heut die alten Lieder?
Diese Zeit kommt niemals wieder.

Ruhmeslogik?

Wird jemand kräftig angemeckert,
hat er sich nicht mit Ruhm bekleckert.
Was ist denn solcher Rede Sinn?
Dass, wenn ich berühmt, bekleckert bin?

Bekanntlich rühmt die ganze Welt
Albert Einstein als Geistesheld.
Er war zweifellos ein Genie,
doch bekleckert war er nie.

Schnapszahl

Eine Schnapszahl, das ist klar,
sind gleiche Zahlen als ein Paar.
Wieso der Schnaps fällt mir jetzt ein,
Warum nicht Whisky oder Wein,
warum nicht Cognac oder Sekt?
Wer hat sich das denn ausgeheckt?

Nicht nur im All gibt's schwarze Löcher.
Auch im Alltag noch und nöcher.

Schusters Rappen

Es näht der Schuster neue Rappen.
Er selbst trägt dabei alte Schlappen.
Die Rappen kauft ein Reitersmann,
der einen Rappen reiten kann.
Wie er dann kommt, ist einerlei,
denn Rappen hat er stets dabei.

Socken und Strümpfe

Wenn die Sonnenstrahlen locken,
macht er sich auf seine Socken.
Oh weh, er findet keine mehr.
Das betrübt ihn nicht so sehr.
Es sind im Schrank ja noch Trümpfe
und er macht sich auf die Strümpfe.

Staunen

Ihre Wohnung ist wie geleckt,
kein Körnchen Staub hat sich versteckt.
Vorgestern war ich zu Besuch.
Sie las gerade in einem Buch.
Klötzer lagen auf dem Boden.
Was waren das für neue Moden?
Doch sie lachte gut gelaunt,
die Bauklötzer habe ich gestaunt.

Sudoku

Je neun Zahlen eins bis neun
können unser Herz erfreun.
In neun Feldern durcheinander
passen sie richtig zueinander.
Ich muss die Zahlen kombinieren
und mich dafür konzentrieren.

Setz ich eine falsche Zahl,
ist es danach eine Qual.
Diese stehen kreuz und quer
und die Ordnung stimmt nicht mehr.
Es dauert manchmal bis zum Schluss,
bis ich zerknirscht erkennen muss,
ich habe mich komplett geirrt.
Ich weiß nicht wo, was mich verwirrt.

So fange ich von vorne an
und hoffe, dass ich's richtig kann.
Ist jede Zahl in ihrem Feld,
habe ich es gut bestellt
und bin am Ende wirklich froh,
nun ist es endlich richtig so.

Tapetenwechsel

Unruhig rannte er herum,
die Arme schlapp, der Rücken krumm.
Zur Faust geballt war sein Gesicht.
Hier stimmte irgendetwas nicht.

Die Freunde rieten, habe Mut,
Tapetenwechsel wäre gut.
Er hörte gleich auf diesen Rat
und schritt am nächsten Tag zur Tat.

Sehr schnell war alles tapeziert,
die Wohnung schien ganz neu frisiert.
Er hatte Freude wir noch nie
und sprühte jetzt vor Energie

Die Freunde aber staunten nur.
Unglaublich die Tapetenkur.
Er lobte ihren guten Rat
Und hatte sein Rezept parat:

Sollt‘ die Seele wieder grollen,
kauf ich mir Tapetenrollen.

Techtelmechtel

Sie liebt ihn heimlich, er sie auch.
Das ist beim Techtelmechtel Brauch.
Wenn sie's laut sagen, bitte sehr,
ist es kein Techtelmechtel mehr.

Tresorblüte

In seinem Haus stand ein Tresor
mit einem dicken Schloss davor.
Darin lagen viel Blüten,
die konnte er nur hier behüten.

Manchmal nahm er eine raus
und zahlte bar im Warenhaus.
Er war zwar immer auf der Hut,
doch dieses ging nicht lange gut.

Der Richter hat sich sehr bemüht,
zu verkünden, was ihm blüht.

Umgedreht

Oftmals kräht der Hahn am Tag,
weil die Ordnung er sehr mag.
Die Hennen stimmen gackernd zu
und alle haben ihre Ruh.

Beim Menschen ist es umgedreht.
Die Frau bestimmt, wohin es geht.
Die Männer stimmen brummend zu
und alle haben ihre Ruh.

Die Ruhe ist ein hohes Gut,
weil sie den Nerven Gutes tut.

Vineta

Vineta ist ein Zauberwort
für einen unbekannten Ort.
Wer neugierig mit Leidenschaft,
Phantasie und Geisteskraft
sich ins Unbekannte wagt,
dabei für sich Vineta sagt,
der wird am Ende reich beschenkt,
egal, wohin den Blick er lenkt.

Veräppelt

Zwei solche Früchte sind genug
für diesen kleinen Scherz und Trug.
Das können viele Kirschen nicht,
Pflaumen führ'n nicht hinters Licht.
Birnen wäre es gelungen,
aber sie sind abgesprungen.
Bekannt für solche Lügentour
sind die schlauen Äpfel nur.

Wenn ich nachts nicht schlafen kann

Wenn ich nachts nicht schlafen kann,
fange ich mit Zählen an.
Schafe, eine ganze Herde,
damit ich richtig müde werde.

Die Augen fallen mir nicht zu.
Ich finde einfach keine Ruh.
Vielleicht muss ich die Hühner zählen
und mich nicht mit Schafen quälen.

Weder Hühner, Gänse, Kühe
belohnen meine Mühe.
Auch nicht Pferde, Schweine, Ziegen.
Ich muss weiter wach hier liegen.

Jetzt fällt mir zum Glück was ein.
Ich muss nur wie ein Ochse sein.
Werd ich gelassen, träge. stur,
beruhigt mich diese Ochsentour.

Windiges Risiko

Er hat an Börsen spekuliert
und in Aktien investiert.
Ein Blick auf seinen Kontostand
bringt ihn fast um den Verstand.

Er fühlt sich dabei richtig alt
und seine Füße werden kalt.
Gestern noch viel Geld gewonnen,
heute ist es schon zerronnen.

Die Eltern sagten ihm als Kind,
wer nicht wagt, der nicht gewinnt.
Doch windig ist das Risiko
und an der Börse sowieso.

Würfelspiel

Das Würfelspiel ist sehr beliebt.
Schön, dass es davon viele gibt.
Es verschafft den Würfelrunden
oftmals sehr entspannte Stunden.

Einmal fielen Würfel runter.
Einer bückte sich hinunter
und rief dann laut zu allen:
Cäsars Würfel sind gefallen.

Zuversicht

Am Tunnelende grüßt das Licht
und gibt uns neue Zuversicht.
Die schwere Zeit ist nun geschafft,
wir starten durch mit neuer Kraft.
Doch wir wahren die Balance,
der Leichtsinn hat jetzt keine Chance.
(Mitte Mai 2021)

Nachtrag:
Vorbei ist's mit der Zuversicht.
Die Hoffnungen erfüll'n sich nicht.
Der Leichtsinn hat doch triumphiert,
die Viruslast ist eskaliert.

Freiheit muss man immer denken,
mutig ist es, sie zu lenken.
Darum ist es nicht zu spät
für uns're Solidarität.

Im Klartext ist damit gemeint,
der Egoist ist Freiheits-Feind.
(Mitte November 2021)

Zwei Mal blau

Die Wand war frisch nun tapeziert,
das neue Bild noch nicht platziert.
Die Frau beauftragt ihren Mann,
weil er das wohl am besten kann.

Ein blauer Nagel, großer Hammer,
ein Schlag, da hörte man Gejammer.
„Was ist denn los?,“ so fragt die Frau.
Jetzt war der zweite Nagel blau.

Typen

Ballade vom Ritter Kuno und seinem Knappen Jörg

Ritter Kuno hoch zu Ross
hat Knappe Jörg in seinem Tross.
Das sollte ihm noch gut bekommen.
Höret drum was ich vernommen.

Einst ward Jungfrau Kunigunde
viel gerühmt von aller Munde.
weil sie so herzig inniglich,
klug und so schön minniglich.

Viel Edelleut mit Schwert und Lanze
spielten auf zum Rittertanze,
um alle andern zu bezwingen
und Kunigunden zu erringen.

Auch Ritter Kuno war bereit
zu fechten um die holde Maid.
Es klopft ihr Herz in zarten Wellen
hört sie Kunos Kampfruf gellen.

Doch da passiert ein Missgeschick.
Kunos Schwert macht einfach klick.
Nur der Griff ist ihm geblieben.
Wird Kunigunde ihn noch lieben?

Knappe Jörg als Handwerksmann
schweißt die Klinge ganz schnell an.
Nun ist sie wieder fest und heiß
und Kuno denkt an seinen Preis.

Doch kann er mit den Himmelsmächten
heute keine Bande flechten.
Kaum hat den Schild er in der Hand
fällt dieser einfach in den Sand.

Sofort eilt Jörg nun rasche rasche
mit seiner großen Werkzeugtasche.
Eins zwei drei, der Griff ist dran
und Kunos Kampf fängt wieder an.

Oh je. nach einer halben Stunde
hört man stöhnen Kunigunde.
In Kunos Rüstung klafft ein Loch
Das fehlte jetzt gerade noch.

Jörg ist da, mit Windesschnelle
schraubt er Blech an Loches Stelle.
Kuno geht nun voll aufs Ganze
und schwingt grimmig seine Lanze.

Da bricht auch noch zu seinem Schreck
die Lanzenspitze einfach weg.
Mutig greift er nun zum Schwert,
das ist ihm Kunigunden wert.

Schnell eilt nun Knappe Jörg heran
und klebt die Spitze wieder an.
In zwei Sekunden ist sie fest
und Kuno gibt dem Feind den Rest.

Doch hat auch er ganz schön gelitten,
denn als die Lanze ihm entglitten,
versetzt der Gegner ihm zugleich
noch einen derben Backenstreich.

Als nun die Maid den Sieger kürt,
in sich ein heiß Verlangen spürt
und noch ein wenig weiter dachte.
Kuno laut und feurig lachte.

Wie erschrak da Kunigunde,
denn in Ritter Kunos Munde
sah sie bestürzt der Liebe Tücke,
des Helden große Zahneslücke.

Obwohl das Ritterfräulein weiß,
die Lücke ist des Kampfes Preis,
nimmt mit Zittern und mit Bangen
eine Ohnmacht sie gefangen.

Kuno ahnt der Jungfrau Kummer,
schließlich ist er ja kein Dummer
und mit festem Schritt und Sinn
geht er zu seinem Knappen hin:

„Baust du mir eine Zahnesbrücke
und verschwindet dann die Lücke
bis zum Abend heut am Tag,
bekommst du gleich den Ritterschlag.“

Das war Knappe Jörgens Stunde,
er feilt und bohrt in Kunos Munde,
formt Zahn um Zahn aus Harnischstahl
und setzt sie ein mit einem Mal.

Ritter Kuno küsst nun sacht
Kunigunden, die erwacht
und sieht im letzten Sonnenstrahl
des Liebsten Zahnersatz aus Stahl.

Ihr Glück, vorhin noch fast zerronnen,
hat sie doppelt rückgewonnen,
denn keine hat einen Gemahl
mit Zähnen aus des Harnisch Stahl.

Noch eh die Sonne untergeht
der Jörg als neuer Ritter steht.
Vorbei ist nun die Knappenzeit.
Jetzt freit auch er um eine Maid.

Ritter Jörg zieht froh von hinnen.
Derweil weht von des Burges Zinnen
Kunos neues Ritterwappen:
Ein blinkend Zahn, ein stolzer Rappen.

Beethoven

Beethoven saß beim Vollmondschein.
Da sprach der Mond, „mir fällt was ein.
Du liebst der Töne schönes Klingen,
drum möchte ich ein Lied dir singen."

Der Meister sprach, „ich hör zwar schlecht,
doch wenn du willst, ist es mir recht,
denn deines Liedes Melodie
mit meiner Seele spür ich sie
und heb sie auf für den Moment,
wenn in ihr mein Einfall brennt."

So entstand durch Zufalls Gnade
vielleicht die Mondscheinserenade.

Das Schlitzohr

Der Flohmarkt ist sein liebstes Ziel.
Hier kauft er oft und ziemlich viel.
Nur nach Schnäppchen steht sein Sinn.
Die verkauft er mit Gewinn.
Das kommt mir ganz natürlich vor,
denn er hat ein Schlitz im Ohr.

Der Alleswisser

Wer was nicht weiß, kann ihn fragen,
er wird die Antwort sicher sagen.
Abends blättert er im Bett
im Lexikon von A bis Z.
Flora, Fauna, Technik, Kunst,
er hat von allem etwas Dunst.
Jeder glaubt, so ein Genie
hatten wir bei uns noch nie.
Er selbst nimmt das nicht so wichtig,
denn nichts von allem weiß er richtig.

Der Angeber

Er stolziert mit großer Pose
und macht gern auf dicke Hose.
Mit einer Stange zeigt er an,
was er weiß und was er kann.

Prahlhans ist er und kein Meister,
dafür im Selbstlob immer dreister.
Doch bei Licht, man glaubt es kaum,
schlägt er jeden Tag nur Schaum.
Das heißt, er ist kein Echter,
sondern nur ein Spiegelfechter.

Der Besserwisser

Keiner weiß so viel wie er,
ja, er weiß sogar noch mehr.
Vorlaut, alt- und neunmalklug
belehrt er gern mehr als genug.
Ungefragt ist es sein Streben,
seinen Senf dazuzugeben.
Da verzieht man sein Gesicht.
Dieser Senf schmeckt eben nicht.

Der Digitale

Er denkt nur noch digital,
ob früh, ob spät ist ihm egal.
Nur in der Nacht hat er Ruh,
er macht ja beide Augen zu.
Und beim ersten Sonnenstrahl
ist wer wieder digital.

Der Dünnbrettbohrer

Ich soll ein Dünnbrettbohrer sein?
Das ist nicht wahr und sehr gemein.
Ich bohre ja auch dicke Bretter
jeden Tag bei jedem Wetter.
Hier liegen sie mit einem Loch.
Was will man also von mir noch?

Der Egoist

Alles hier ist nur für mich.
Ich kenn kein du, ich kenn nur ich.
Kein er, sie, es, wir, ihr und sie.
Ich sing die eigne Melodie.

Fremde Hilfe will ich nicht.
Ich habe meine eigene Sicht.
So ist mein Leben Tag für Tag.
Mir ist egal, ob man mich mag.

Der Fakir

Sein Nagelbrett ist nagelneu,
er liegt darauf ganz ohne Scheu.
Ja, er zeigt sich nagelnett
auf seinem schönen Nagelbett.

Jedoch was tut er irgendwann,
wenn er hier nicht mehr liegen kann?
Er hängt das Nagelbrett mit Band
an einen Nagel seiner Wand.

Der Faulpelz

Es lebte einst ein fauler Mann,
fauler als man denken kann.
Hat nur still herumgesessen,
war sogar zu faul zum Essen.
Es vergingen vier, fünf Wochen,
er bestand aus Haut und Knochen.
Weil ihm nun kalt war immerzu,
deckte er mit Pelz sich zu.

So wurde er bald allbekannt
und deshalb Faulpelz nur genannt.

Der Choleriker

Er braust bei Kleinigkeiten auf,
lässt seiner Wut stets freien Lauf.
Einmal ging er in die Luft.
ist dabei einfach verpufft.

Der fidele Clown

Er spielt auch gerne Violine.
Das tut er mit fideler Mine.
Anders wäre es gelogen,
er spielt ja mit dem Fiedelbogen.

Der Geizhals

Tag und Nacht denkt er daran,
wo er noch mehr sparen kann.
Vor allem Geld, auch beim Essen,
die Klamotten nicht vergessen.

Immer knausern, immer raffen,
noch mehr Gut und Geld beschaffen,
dabei begierig, rasend toll
kriegt er seinen Hals nicht voll,

Niemals wird er daran denken,
irgendetwas zu verschenken.
Mit Freunden er sich nicht umgibt,
als Einzelgänger unbeliebt.

Von allen Lebensreizen
interessiert ihn nur das Geizen.
Im Testament hat er geschrieben:
kein Grabstein - das ist übertrieben.

Der Gernegroß

Er mimt perfekt den Gernegroß.
In Wahrheit ist mit ihm nichts los.
Gibt's ein Problem fehlt ihm der Mut
und er wird klein ganz schnell mit Hut.

Der Grashörer

Er lag so gern im grünen Gras
und dachte über dies und das.
Da hörte er ein leises Wispern
und ein ebensolches Knistern,
rief erstaunt, es ist verhext,
ich höre, wie das Gras hier wächst.

Auch Raschelei im frischen Heu
deutet er jetzt völlig neu.
Er gab es überall bekannt
und ist gefragt im ganzen Land.
Man hofft sogar, er ist bereit
für einen Trost in schwerer Zeit.

Ein Rezept für Grassalat
ist in den Medien auch parat.
Die Wiesen sind jetzt gut besucht
und manche nun schon ausgebucht.
Die Fangemeinde wächst rasant.
Was wird noch draus? Ich bin gespannt.

Nur bei ihm selbst haut es nicht hin.
Da versagt der siebente Sinn.

Der Intrigant

Er tut, als sei er Saubermann,
der keiner Fliege schaden kann.
Es ginge ihm nur um die Ehre,
in Wirklichkeit um die Karriere.

Der Kritiker

Der Kritiker tut's allen kund
und nimmt kein Blatt vor seinen Mund.
Er ist zugleich sehr kompetent,
wenn er die Fehler klar benennt.

Und oft genug, so ist es Brauch,
ist zugespitzt die Rede auch.
So ist uns allen schneller klar,
warum er zu uns kritisch war.

Doch brauchen wir oft lange Zeit,
eh wir zum Ändern sind bereit.
Wenn Kritik auch Vorschlag ist,
dann verkürzen wir die Frist.

Der Lügner

In einem Holzhaus weit von hier,
saßen wir bei einem Bier.
Er erzählte viel und lange,
und mir wurde angst und bange.

Nach einer guten Stunde dann
fing das Haus zu schwanken an.
Die Balken waren sehr verbogen,
und die Wände schief verzogen.

Hatte ein Beben das geschafft?
Nur Lügen haben solche Kraft.
Und ich sah im Lampenscheine,
er hatte jetzt ganz kurze Beine.

Der Merker

Er ist zur Auskunft stets bereit,
was schon zurück liegt lange Zeit.
Das trainiert er wie besessen,
kann und will gar nichts vergessen.

Dennoch, in den Alltagswirren
kann auch er sich mal verirren.
So merkte er sich einfach nicht
die Garzeit für ein Schmorgericht,
aß die Speise nun halb roh
und wurde deshalb lang nicht froh.

Der Moralist

Er hält nicht viel von Toleranz,
kennt nicht halb, sondern nur ganz.
Seine Regeln ganz allein
sollen für alle gültig sein.

Wer ihm offen widerspricht,
spürt seine Keule im Gesicht.
Es tut ihm gut, wenn er verteufelt
und das Gift der Zwietracht träufelt.

Er sieht sich als Tugendwächter
und ist selbst nur ein Verächter.

Der Narziss

Er fragt das Spieglein an der Wand,
ist selbstverliebt und arrogant.
Kommt doch her und schaut mich an.
Bin ich nicht ein schöner Mann?

Er verwechselt Schein mit Sein
und will stets bewundert sein.
Er schwebt nur auf Wolke sieben.
Der Alltag ist ihm fremd geblieben.

Kritik verträgt er aber nicht,
dann verzieht er das Gesicht.
Misserfolg ist für ihn Gift,
weil der ihn tief im Herzen trifft.

Der Neider

Mit anderen vergleicht er sich
und denkt, die haben mehr als ich.
Was machen sie was ich nicht kann?
Ich steh doch immer meinen Mann.
Das ärgert ihn und mit der Zeit
wird er ganz grün und gelb vor Neid.
Jetzt ist sein Bild auf dem Plakat
zur Wahl als Spitzenkandidat.

Der Nikolaus und die Kinder

Kinder:
Lieber guter Nikolaus,
Wir stellen Schuh und Stiefel raus.
Gesäubert sind sie blitzeblank.
Wir freuen uns und sagen Dank!
Morgens sehen wir die Gaben,
die wir von dir bekommen haben.
Sie alle machen uns bereit
für eine schöne Weihnachtszeit.

Nikolaus:
Bald seid ihr groß und erhaben
über meine kleinen Gaben.
Dennoch freut ihr euch dann auch
über diesen schönen Brauch.
Wenn Kinder mal erwachsen sind,
bleibt in ihnen doch das Kind.

Der Politiker
oder
Der Außerirdische

Wenn er eine Rede hält,
scheint er nicht von dieser Welt.
Für die Menschen hören wir
tut er alles jetzt und hier.
Zum Beispiel in der Pandemie
strenge er sich an wie nie.

Ein Mensch also ist er nicht,
bei dieser distanzierten Sicht.
Er kommt von einem anderen Stern
und hilft uns in der Krise gern.
Dafür danken wir ihm sehr.
Ja, ein Politiker hat's schwer.

Der Satiriker

Wer Lachen kann, ist kurz befreit
von Dummheit und von Traurigkeit.
Der Satiriker hat hier sein Ziel.
Lachen sollen möglichst viel.

Witz und Geist sind seine Waffen,
die auch manche Wunden schaffen.
Was ist im Alltag schiefgelaufen,
wofür kann man die Haare raufen?

Er spießt es lustig, launig auf,
haut mit flotten Sprüchen drauf.
Fürs Publikum ein Lacher-Treffer,
für Kritisierte scharfer Pfeffer.

Mit Doppel- und mit Hintersinn
führt er uns zum Lachen hin.
Er ist Seelengärtner, unbedingt,
was hoffentlich ihm stets gelingt.

Der Schwache

Ich stelle mich oft hinten an,
weil ich mich bescheiden kann.
Zum Streiten hab ich keine Lust,
das bringt Ärger nur und Frust.

Ich helfe gern wenn ich kann
und steh auch sonst meinen Mann.
Mit Ruhe und Gelassenheit
komm ich gut durch diese Zeit.

Nur eine Stärke kann ich nennen:
Zu meiner Schwäche mich bekennen.

Der Schweiger

Er hält lieber seinen Mund,
tut eher keine Meinung kund.
Als Schweiger wurde er bekannt
und auch schließlich so genannt.

Als Weiser wird er nun verehrt,
denn wer schweigt, sagt nichts verkehrt.
Doch wenn er spricht, dann hört man hin.
So hat das Schweigen seinen Sinn.

Der Stinkstiefel

Vor Zeiten lebte hier ein Mann,
der zog nur immer Stiefel an.
Lachen konnt er leider nicht,
zur Faust geballt war sein Gesicht.
Ständig lag er auf der Lauer,
nannte alles stinkesauer.
Stinkstiefel wurde er genannt.
Sein Name ist nicht mehr bekannt.

Heut heißen alle Muffel so.
Bist du es nicht, dann sei doch froh.

Der Prinzipienreiter

Er hat im Leben ein Prinzip.
Ganz feste Regeln sind ihm lieb.
Auch ohne Ross kommt er weiter.
Er ist ein Prinzipienreiter.

Der Weihnachtsmann

Der moderne Weihnachtsmann
kommt nun mit dem Smartphone an.
Schleppt nicht mehr die Geschenke.
Das ist gut für die Gelenke.
Überhaupt kann er sich schonen.
Er benutzt jetzt Weihnachtsdrohnen.

Der Witzerzähler

Er erzählt zu gerne Witze,
und glaubt. alle wären Spitze.
Alle wissen, was sie taugen
und verdrehen beide Augen.
Kein Wunder ist's bei seiner Art,
er trägt ja einen langen Bart.

Der Optimist

Ob Beben, Sturmflut, Pandemie,
das Leben bleibt so schön wie nie.
Ich kann jeden Tag nur lachen,
wenn sich andere Sorgen machen.

Fall ich derb hin, dann steh ich auf.
So ist nun mal mein Lebenslauf.
Wie es auch kommt, mir wird's nicht schaden,
denn ich bin positiv geladen.

Der Redner

Ein Redner spricht im Kino-Saal,
da hört er auf mit einem Mal,
denn zu seinem großen Schreck
fliegt ihm der rote Faden weg.

Er hat ihn nicht mehr eingefangen,
das Publikum ist schon gegangen.
Wie er's auch dreht und wendet,
die Rede bleibt nun unvollendet.

Doch tröstlich bleibt für das Genie,
so geht's auch mancher Sinfonie.

Der Pessimist

Blick ich zurück, so war mehr drin.
Egal was ist, es hat keinen Sinn.
Egal was kommt, es haut nicht hin.

Der Mensch ist negativ geladen
und verursacht nur noch Schaden.
Die ganze Umwelt wird versaut,
der Mensch hat nur auf Sand gebaut.

So lange er auf Erden lebt,
angeblich nach dem Fortschritt strebt.
Doch bleibt er immer was er war:
Ein Egoist und ein Barbar.

Ich zieh mich in mein Haus zurück
und schmiede hier mein eignes Glück.

Noch ein Pessimist

Er malt gern mit leichter Hand
schnell den Teufel an die Wand.
Und wenn du fragst, wer das ist?
Völlig klar: Der Pessimist.

Schon im Namen kann man lesen,
er ist kein hoffnungsvolles Wesen.
Für ihn ist wirklich alles Mist,
er glaubt nur an die letzte Frist.

Der Pianist

War einmal ein Pianist,
der spielte Mozart Brahms und List.
Als bei Bach er angekommen,
sind die Noten weggeschwommen.

Der Phlegmatiker

In dieser stressbetonten Zeit
ist er zur Ruhe stets bereit.
Langsam schreitet er zum Ziel,
unbeirrt und spricht nicht viel.
Er mag keine halben Sachen,
kann auch über sich noch lachen.

Eine Schnecke mag er sehr,
denn sie ist zum Teil wie er.

Der Phantast

Er träumt vom Nibelungenschatz,
dass er findet seinen Platz.
Schon jung verfolgt er dieses Ziel.
Davon schwärmt und spricht er viel.

Für viele ist das Spinnerei,
doch er bleibt unbeirrt dabei.
Seinen ganzen Lebensplan
gleicht er diesem Ziele an,

entwirft Ideen und studiert,
immer auf sein Ziel fixiert,
Trotz Risiko gibt er nicht auf,
nimmt den Rückschlag auch in Kauf.

Nach vielen Jahren ist ihm klar,
dass sein Weg ein Irrtum war.
Er ist noch weit vom Ziel entfernt,
doch er hat viel dazugelernt.

Ein anderer hat es geschafft
mit viel Talent und Leidenschaft.
Als Schüler trieb ihn die Vision,
er wäre Chef mit zwanzig schon.

Niemals wollte er zurück
und hatte auch genügend Glück.
Heute kennt den Weltkonzern
fast jeder Mensch in Nah und Fern.

Einem Dritten war früh klar,
ich werde bald ein großer Star
mit Popmusik und meinem Stil.
So wie ich bin, so ist mein Ziel.

Schräg die Musik, schräg die Frisur,
das ist die richtige Mixtur.
Dem tristen Alltag schnell entfliehen,
mit Spaß durch viele Länder ziehen.

In den Charts Platz eins und Preise,
auch viel Geld auf diese Weise.
Millionen Fans in aller Welt,
so hat er sich es vorgestellt.

Heute ist das Wirklichkeit
und bleibt wohl so die nächste Zeit.
Und die Moral von der Geschicht:
Verachtet die Phantasten nicht.

Der Philosoph

Er denkt in Dimensionen
und zeitlich in Äonen.
Wer, was sind wir und warum.
Wie geh`n wir mit der Schöpfung um.

Was hindert uns, was treibt uns an,
damit die Zukunft leben kann.
Er schöpft seine Geisteskraft
aus dem Born der Wissenschaft.

Früher wurden die Propheten
um einen weisen Rat gebeten.
Der passte manchen Herrschern nicht
und sie drohten mit Gericht.

Beide gibt's bei uns nicht mehr.
Die Philosophen müssen her.
Sie sind die Universalisten
und dafür die Spezialisten.

Der Popelencer

Popeln ist ihm Leidenschaft.
Er popelt gern mit aller Kraft.
Er popelt fleißig noch und nöcher
und weitet seine Nasenlöcher.

Eines Tages fällt ihm ein,
warum denn pople ich allein?
Also zeigt er bei Facebook an,
popeln kann doch jedermann.

Wollt ihr Popelencer sein,
dann stellt ein Popelfoto ein.
Man kann sich denken, was geschah.
Sie schickten es von fern und nah.

Begeistert ist die Netzwerk-Welt
vom ersten Popelencer-Held.

Der Schwarzfahrer

Ein Schornsteinfeger fuhr nach Haus.
Er sah noch ganz nach Arbeit aus.
Das macht er so schon seit Jahren
und ist immer schwarz gefahren.

Der Spezialist

Das Wenige interessiert ihn sehr,
bis er zum Kern, dem Nichts, gelangt.
Das erforscht er mehr und mehr,
seinem Scharfsinn sei's gedankt.
Zum Schluss gewinnt er einen Preis,
weil er vom Nichts nun alles weiß.

Der Solist

Ich kenne einen, der scheint wirr.
Schaun wir mal auf sein Geschirr.
Nicht alle Tassen stehn im Schrank,
manche trüb, der Rest ist blank.

In der Schüssel gleich daneben
hat es einen Sprung gegeben.
Das aber ist ihm ganz egal.
Er lacht darüber öfter mal.

Dann spielt er auf dem Saxophon
und freut sich über jeden Ton.
Er ist Solist im Tanzorchester
und gilt im ganzen Land als Bester.

Der Student

Sein Wissen war sehr lückenhaft.
Wie hat die Prüfung er geschafft?
Er verließ sich auf sein Ohr.
Vom Hörbuch las ihm jemand vor,
derweil er auf der Bank gesessen,
dazu mit Löffeln schnell gegessen.
Mit jeder Portion seiner Speise
wurde er ein Stück mehr weise.

Der Starke

Mich haut nichts um, ich bin bereit
zu jeder Tat zu jeder Zeit.
Schwäche ist mir unbekannt.
Es wird gelobt in diesem Land,
wer vor allem selbst sich traut
und voll auf seine Stärke baut.

Bescheiden komme ich nicht weiter
auf der Karriereleiter.
Die Schwachen hier, sie tun mir leid.
Ich habe für sie keine Zeit.
Das Leben hat für mich nur Sinn,
wenn ich erst ein Promi bin.

Der Uhrmacher

Einst kam ein Mann mit seiner Uhr
zum Meister zwecks Reparatur.
Der hat die Uhr gleich inspiziert
und nach zwei Tagen repariert.

Er gab die Uhr dem Mann zurück
und sprach zu ihm mit Kennerblick:
Sie hält nun ewig, wie ich weiß,
das hat natürlich seinen Preis.

Der Mann bezahlte froh gelaunt
und hat am nächsten Tag gestaunt.
Die Uhr stand still und tickte nicht,
da ergrimmte sein Gesicht.

Er ging sofort zum Meister rein
und schimpfte laut: wie kann das sein?
Sie haben mich betrogen,
ewig halten ist gelogen.

Der Meister sprach: Es tut mir leid,
so kurz ist hier die Ewigkeit.

Der Vergesser

Er leidet an Vergesslichkeit
schon eine ziemlich lange Zeit.
Für ihn sind Namen Schall und Rauch,
Termine und Versprechen auch.
Ärzte will er nicht befragen,
er weiß vorher, was sie sagen.

Sein Leiden hat er überwunden
und den Grund dafür gefunden.
Er vergisst, dass er vergisst
und denkt, dass er geheilt nun ist.

Der Verleger

Der Verleger ist ein Mann,
der Ordnung wohl nicht leiden kann.
Kaum hat ein Ding er in der Hand,
verlegt er es nach Unbekannt.

Kurz danach ist er verlegen,
denn er muss sich tüchtig regen,
sucht und findet es nicht mehr.
Ja, ein Verleger hat es schwer.

Die Suche dauert stundenlang.
Er hat‘s gefunden Gott sei Dank.
Die Welt ist für ihn wieder nett.
Glücklich sinkt er in sein Bett

Hier hat er sich schwer verlegen,
kann sich morgens kaum bewegen.
Doch tapfer geht er hin und her.
Ja, ein Verleger hat es schwer.

Der Zweifler

Es sagt der Freund wohl tausendmal
die von ihm gefragte Zahl.
Doch er flüstert für sich leis:
Hat er recht? Wer weiß, wer weiß.
Hat er es tausendmal gelesen,
ist Zweifeln immer noch sein Wesen.
Auch sich selbst vertraut er nicht.
Der Zweifel steht ihm im Gesicht.

Ja, wenn dieser menschlich wär,
der säh genauso aus wie er.

Die Hauptdarstellerin

Eine nackte Frau lag mal am Strand.
Sie war den meisten unbekannt.
Am nächsten Tag lag sie so
auf der Bühne, lächelnd froh.
Sie ist die Hauptdarstellerin
in dem Stück „Der Weiber Sinn."
Nackt lag sie erneut am Stand.
Den meisten war sie jetzt bekannt.

Die Klatschbase

Beim Friseur saß eine Frau,
ihre Haare waren grau.
Wenn sie erzählte, wusste man,
was alles so geschehen kann.
Das ging jede Woche so.
Wenn sie ging, waren alle froh.
Ja, sie informierte,
schon bevor etwas passierte.

Zum eigenen Geburtstag morgen
müsse sie noch viel besorgen.
Der Friseur schickte ihr ins Haus
einen großen Klatschmohnstrauß.

Die Rätselmeisterin

Ich kenne eine schlaue Frau,
die löst jedes Rätsel ganz genau.
Sie denkt sehr schnell geradeaus
und hat im Nu die Lösung raus.

Doch sie kann ihr Denken
auch um die Ecke lenken.
Ist die Lösung hier versteckt,
wird geradeaus sie nicht entdeckt.

Erst dieses Denken bringt die Kraft
für ihre Rätselmeisterschaft.
Dazu kenn ich auch ihren Mann,
der ebenso gut rätseln kann.

Ja, beide sind ein Rätsel-Ass.
Da macht die Lösungssuche Spaß.

Die Sammlerin

Sie sammelt Tüten groß und klein,
in jeder Form, ob derb ob fein.
Ihr Wahlspruch heißt Gott behüte,
das kommt nicht in meine Tüte

Die Schminkerin

Es ist ihre Leidenschaft.
Sie schminkt sich gern mit aller Kraft.
Geht sie morgens aus dem Haus,
sieht sie immer anders aus.

Doch hat ihr Hobby einen Preis.
Zeigt sie den Personalausweis,
schaut der Kontrolleur in ihr Gesicht,
dann sagt er, nein das sind sie nicht.

Bereitet Schminken auch Entzücken,
so hat es wirklich seine Tücken.

Die Streitsüchtige

Sie hat Haare auf den Zähnen.
Überflüssig zu erwähnen,
dass sie alles dominiert
und überall hineinregiert.

Einst aß sie auf der Terrasse
eine Suppe aus der Tasse.
Da monierte sie ein Haar,
das angeblich darinnen war.

Überflüssig zu erwähnen:
Es war ein Haar von ihren Zähnen.

Friedrich der Große

Es kündet hier der Maulbeerbaum
von des Königs großen Traum:
Seide selber produzieren,
diese nicht mehr importieren.

Er nahm die Bauern in die Pflicht,
doch seine Ordres wirkten nicht.
Sie hatten weder Zeit und Lust.
Das Wetter machte auch noch Frust.
Maulbeerblätter sind erfroren.
Diesen Kampf hat er verloren.

Goethe

Als Goethe in den Himmel kam,
der Schöpfer ihn beiseite nahm.
„Du hast", sprach er, „sehr viel geschrieben,
gute Texte, die wir lieben.

Doch dein ‚Faust' ist sicherlich
die größte Leistung, auch für mich.
Der Mensch ist zwar von hohem Adel,
doch niemals ohne Fehl und Tadel,
mal weniger oder auch mehr.
Deshalb liebe ich den ‚Faust' so sehr.
Er ist und bleibt ein Menschenheld,
zu Recht bekannt in deiner Welt."

Als Goethe sich danach erhob,
war er ganz rot von diesem Lob.

Hofnarrs Wahrheit

Er tut sie seinem Herren kund
verkündet sie mit großem Mund
Manchmal auch zu seinem Ruhme
sagt er es witzig durch die Blume.
Doch ist die Wahrheit fürchterlich
schweigt auch der Hofnarr sicherlich.

In der Krone

Ein König trank viel Alkohol,
er fühlte sich danach nicht wohl.
Er saß nun da auf seinem Thron,
da sagte ihm der Prinz und Sohn:
„Du kannst jetzt nicht regieren
und musst dich auskurieren.
Du hast ja einen in der Krone,
gib das Zepter deinem Sohne."

Mark Twain

Wer kennt nicht Huckleberry Finn?
Mark Twain kommt sofort in den Sinn.
Er war dabei, die Post zu sichten,
und sah Papier mit viel Gedichten.
Verfasser war ein junger Mann
der glaubte, dass er dichten kann.

Mark Twain las alle mit Verdruss
und vom Schreiber ganz zum Schluss,
er sei schon lang ein Freund, ein treuer
und habe andre Eisen noch im Feuer.
Twains Antwort soll gewesen sein:
Die Eisen raus, Gedichte rein.

Prahlhans Lügenmeister

Freiherr Hans von Hansenstein
wollte gern Münchhausen sein.
Einmal hat er so gelogen,
dass sich alle Balken bogen.

Es krachte laut, das Haus stand schief,
so dass er schnell nach draußen lief.
Da löste sich ein Ziegelstein.
Er kam nicht mehr ins Haus hinein.

Auf dem Grabstein war zu lesen:
Hans von Hansenstein ist nun gewesen.
Als Lügenmeister sehr bekannt
wurde Prahlhans er genannt.

Bis heute kennt man dieses Wort.
So lebt er im Gedächtnis fort.

Redners Einsicht

Er hielt ein Blatt vor seinen Mund,
Darum war seine Rede rund,
freundlich, glatt, ganz zart und weich
als lebe er im Himmelreich.
Doch wurde er nicht ernst genommen
und hat sich deshalb vorgenommen,
ich tu es allen deutlich kund,
ich nehm kein Blatt mehr vor den Mund,
sag alles offen jedes Mal,
die Reaktion ist mir egal.

Zwillinge

Wer ist wer von diesen beiden?
Schwierig, sie zu unterscheiden.
Darum ist es mir ganz egal.
Ich freu mich doppelt jedes Mal.
Zwillingsfreude tut mir gut
und stärket meinen Lebensmut.

Rätsel

Der Alte

Es gibt hier einen alten Mann,
der allerdings fast alles kann,
kennt sich aus in allen Dingen.
Was er anfasst, wird gelingen.
Von wem ist hier wohl die Rede?
Klar, es ist der alte ....

Der Hauptgewinn

Am Hafen steht die kleine Bude.
Darin die Losverkäuferin Frau Trude.
Hinter ihr sitzt braun und schwer
ein riesengroßer Teddybär.

Ein Los nur gibt es pro Person.
Viele Menschen warten schon.
Die Losanzahl wird immer kleiner,
gewonnen aber hat noch keiner.

Jetzt gibt es davon nur noch zehn.
Man kann sie in dem Lostopf sehn.
Ein Mann kauft eins, sich zu erfreun,
da waren es nur noch neun.

Ein Kind nimmt eins und hat gelacht,
es zählt jetzt nur noch acht.
Die Oma hat ihr Los beschrieben,
nun sind es nur noch sieben.

Auf ein Los fällt Möwenklecks.
Der Enkel nimmt‘s, nun sind es sechs.
Da naht ein Läufer ohne Strümpf,
Die zehn halbiert, es sind noch fünf.

Eins holt die Frau mit dem Klavier,
schon sind es nur noch vier.
Jetzt kommt der Würstchenmann vorbei,
sofort sind es nur noch drei.

Ein Seemann sagt, ich bin so frei,
da waren es nur noch zwei.
Ein Junge ruft, eins ist noch meins,
da lag dann ganz allein noch eins.

Wo ist denn nun der Gewinn?
Der liegt noch in dem Lostopf drin.
Den kauft ganz schnell eine Braut,
die freudig in den Glückstopf schaut.

Das Glückslos gibt sie der Frau Trude.
Die gratuliert und schließt die Bude.
Der Hauptgewinn ist nicht versteckt.
Du hast ihn sicher schon entdeckt.

Der Nager

Das Universum ist wie alt?
Vierzehn Milliarden Jahre bald.
Mit dem Urknall begann die Zeit.
Er war sofort einsatzbereit
und nagt bis jetzt in dem Moment.
Ein jeder diesen Nager kennt.

Der Schlauberger

Der Schlaue lebt auf einem Berg,
wird Meier auch sehr oft genannt.
Nun frage ich, wer wohnt im Tale?
Sein Name ist uns nicht bekannt.

Was ist gemeint?

Ob Tier- oder ob Pflanzenreich,
beide heißen völlig gleich.
Es ist sehr groß und auch sehr klein,
ein Raubtier hat‘s, kann Blümchen sein.
Mehr sag ich nicht, es ist genug.
Was ist gemeint? Du bist am Zug.

Was oder wer?

Im Hause ist sie ordentlich,
im Wald dagegen fürchterlich.
Ihr Verhalten ist sehr alt.
So ist nur die … im Wald.

Welche Tiere?

Wir melken Ziege, Schaf und Kuh,
doch welche Tiere noch dazu,
wenn man feststellt ganz frustriert,
dass rein gar nichts funktioniert?

Wer?

Korinthen, Erbsen liebt er sehr
und hätte täglich davon mehr.
Die einen kommen hinten raus,
die andern zählt er einzeln aus.
Uns allen ist der Typ bekannt.
Wie wird er allgemein genannt?

Wer ist im Spiel?

Sie sind beide sehr gesund,
allerdings wie Katze und Hund.
Wir brauchen sie jeden Tag,
je nachdem wie man es mag.
Doch Obacht, niemals zu viel.
Wer ist hier im würzigen Spiel?

Wer kann das sein?

Langsam kommt sie leis daher.
Engel lieben sie so sehr.
Für Alte ist sie Tugend,
ein Problem für die Jugend.
Sie ist riesengroß und klein.
Rate nun, wer kann das sein?

Gemeinsam mit der Spucke
fängt sie auch eine Mucke.

Wer was?

Wir finden viele seiner Zähne
und mancher geht mit einer Mähne.
Doch ist das Tier frei nicht zu sehn.
Ich frage dich, wie soll das gehen?
Von Jahrhundert zu Jahrhundert
hat der Mensch es sehr bewundert.

Wer wird gesucht?

Als Schlachtenheld ist er bekannt.
Ein Schmetterling wird so genannt.
Des Rätsels Lösung ist nicht schwer.
Was wird gesucht, genauer, wer?

Wo, wer, was, womit, welcher?

Wo steht der Bauer auf dem Feld,
dass er selber nicht bestellt?

Wer ist noch schneller als das Licht?
Jeder hat ihn und sieht ihn nicht.

Was hat Kolumbus wie gemacht?
Sekundenschnell war es vollbracht.

Womit hängt der Himmel voll,
wenn die Liebe rast wie toll?

Welcher Stoff ist weltbekannt?
Ich denke da an Diamant.

Was können wir sehr gut vertragen,
wenn sie geht durch den Magen?

Wer flog voller Übermut
zu nahe an die Sonnenglut?

Wer schlug mit dem Schwerte drauf
und löste damit was wohl auf?

Welchen Zug wir oft nicht sehen,
obwohl wir manchmal darin stehen?

Wie sitzt man krumm auf welchen Stein
und muss wohl lächerlich hier sein?

Ende-Wort

Vielleicht noch ein zweiter Band? Oder doch lieber nicht? Zumindest mir hat es Spaß gemacht und ich hoffe sehr, letztlich Ihnen, liebe Leserin und lieber Leser, hier und da ebenso. Aber unabhängig davon und viel wichtiger:
Beherzigen wir in dieser kritischen Zeit gemeinsam die gute alte Wahrheit: Alle Wünsche werden klein, gegen den, gesund zu sein.

Berlin im zweiten Corona-Dezember 2021.

Zum Autor:

Dr. Dieter Mechtel, Jahrgang 1944, ist Journalist, PR-Berater und Buchautor, so auch im Schlosserverlag 2019 „Ich bin der Hecht“ und „Literarische Fischtafel.“
Die Gedichte betrachtet er als vergnügliche Geistesgymnastik für den Alltag.

Inhalt